Arena-Taschenbuch
Band 50980

Ebenfalls von der Autorin im Arena Verlag erschienen:

Shana, das Wolfsmädchen
Shana, das Wolfsmädchen, und der Ruf der Ferne
Der Ruf der Elefanten
Wildpferde in Gefahr
Mari reitet wie der Wind
Das Mondpferd
Im Wind der Camargue
Solal, das Feuerpferd
Pferde, Wind und Sonne
Melina und die Delfine
Tochter des Meeres
Weißer Kranich über Tibet
Sabrina – Entscheidung in Mexiko
Die goldenen Dächer von Lhasa
Kel Rela – Im Herzen der Sahara
Tara und die Reiter des Windes
Aischa und die Sonne des Lebens
Hinani – Tochter der Wüste
Anahita – Im Land des Monsuns
Das Gold der Azteken
Der rote Seidenschal
Der Türkisvogel
Sonnenpfeil
Ein Pferd für mich
Milas Zauberlied
Der Schicksalsritt

Federica de Cesco
war von ihrer frühesten Jugend an immer mit Pferden zusammen und hat diese Liebe zu den edlen Tieren in vielen ihrer Romane einfließen lassen. Ein weiteres wichtiges Hobby ist für sie das Reisen. Zahlreiche Länder auf verschiedenen Kontinenten hat sie bereits besucht und oft mehrere Monate in der Fremde verbracht, um verschiedene Kulturen kennenzulernen. Auch davon erzählen ihre Geschichten. Ihre Bücher wurden in zahlreiche Sprachen übersetzt. Für ihr schriftstellerisches Schaffen wurde Federica de Cesco mehrfach ausgezeichnet.

Federica de Cesco

Flammender Stern

Arena

FSC
www.fsc.org
MIX
Papier aus verantwortungsvollen Quellen
FSC® C110508

1. Auflage als Arena-Taschenbuch 2017

Diese Geschichte ist erschienen in
»Wilde Pferde, weites Land«

Umschlaggestaltung: Jennifer Haug unter Verwendung von Fotos von Viktoria Makarova (123RF_48523262) und globalphoto (123RF_12564910)
Gesamtherstellung: Westermann Druck Zwickau GmbH
ISSN 0518-4002
ISBN 978-3-401-50980-8

Besuche uns unter:
www.arena-verlag.de
www.twitter.com/arenaverlag
www.facebook.com/arenaverlagfans

1. Kapitel

Finstere Wolken jagten am Himmel und trieben eine Regenwand vor sich her. Jener herbe, schwefelartige Geruch stieg auf, der immer aus der Erde strömt, wenn Regentropfen auf ausgetrockneten Boden fallen. Die kleine Ranch lag am Fuß eines Höhenzuges, dem eine Quelle entsprang. Das Haus war aus sorgfältig behauenen Steinen errichtet. Ein kleiner Damm staute das Wasser in einem Weiher und von dort wurde ein Gemüsegarten bewässert. Der Korralzaun umgab einen Schuppen und den Pferdestall.
Der Felshang sollte das Haus vor den Nordstürmen schützen, doch das Unwetter, das über Wüste und Gebirge nach Süden fegte, brauste über die Ranch hinweg, ließ die Dachbalken erbeben und schlug gegen die Fensterläden. Ein undurchsichtiger Wasservorhang fiel vom Himmel, so als ob sich plötzlich die ganze Wolkenmasse auf die Erde gesenkt hätte. Jenny wusste, was das in Sturzbächen von den Hügeln kommende Wasser anrichten konnte, und wurde unruhig. Sie stand am Fenster und verschränkte fröstelnd die Arme.

»Es ist kalt.«
Abel Grey trat an den Herd und legte Holz nach. »Der Sturm wird bald vorüber sein. Wir brauchten den Regen. Das Gras ist völlig ausgedörrt.«
Ein Lichtschein flammte auf: Ein Blitz zuckte über den Himmel. Ohrenbetäubender Donner folgte. Jenny spürte, wie Boden und Wände erzitterten. Ihr Vater warf ihr einen schelmischen Blick zu.
»Mir scheint, du hast Angst vor Gewittern?«
Jenny wurde rot und schüttelte den Kopf. Abel schürte das Feuer und setzte den Kessel auf die offene Herdplatte. Der Regen prasselte gegen die Läden. Jenny lauschte besorgt dem Toben des Sturmes.
»Komm«, sagte Abel ruhig, »wir wollen den Brotteig für morgen vorbereiten.«
Es wurde schon dunkel im Raum. Während Jenny die Zutaten bereitstellte, schraubte Abel den Docht der Petroleumlampe höher. Dann begannen sie, den Teig zu kneten. Vater war das Brot nie so gut gelungen wie früher der Mutter, doch Jenny hoffte, dass sie ihm bald diese Arbeit abnehmen konnte. Mutter war vor zwei Jahren nach längerer Krankheit gestorben. Ihr Grab, mit einem kleinen Kreuz versehen, befand sich unweit vom Haus unter einem Baum. Jenny setzte sich häufig an das Grab und sprach mit ihrer Mutter: Sie hatte das eigenartige Gefühl, dass ihre Mutter sie hören konnte.
Sie knetete den Teig und horchte auf das Donnerrollen. Noch bevor der eine Schlag verhallt war, schmetterte schon der nächste los. Manche Blitze sahen aus wie Schlangen, andere wie vertrocknete Quellen in der Wüste. Plötzlich erleuchtete ein schwefeliges Licht den Raum. Der folgende Donnerschlag schien die ganze Welt in Stücke zu reißen.
Das erschrockene Wiehern der Pferde ertönte durch das Rauschen des Regens. Abel riss die Haustür auf und lief nach draußen. Der große Baum hinter dem Weiher war vom Blitz getroffen worden und brannte wie eine Riesenfackel. Die Greys besa-

ßen ein Ackerpferd und zwei Reitpferde, die nun wie gehetzt im Korral herumgaloppierten. Ein Dutzend Schafe presste sich angstvoll gegen die Stallwand. Abel hatte sie kurz vor dem Unwetter zusammengetrieben, doch einige der Tiere waren noch im Hochland verstreut.

Abel wischte sich die Nässe aus dem Gesicht.

»Ein Glück, dass der Blitz nicht das Haus getroffen hat. Das Feuer kann sich Gott sei Dank nicht weiter ausbreiten.«

Der Regen trommelte Jenny auf den Kopf. Sie duckte sich an die Hauswand und starrte auf den brennenden Baum. Feuergarben sprühten auf, das Holz knarrte und ächzte. Das ununterbrochene Flackern der Blitze erhellte die Landschaft. Plötzlich packte Jenny den Arm ihres Vaters.

»Was ist das wohl da vorne?«

Er folgte ihrem Blick. Oberhalb der Quelle schien sich zwischen den Felsen etwas zu bewegen. Während Abel noch im Regen blinzelte, rief Jenny plötzlich: »Da ist ein Pferd!«

Abels erster Gedanke war, dass eines seiner eigenen Pferde die Flucht ergriffen hatte. Aber nein: Alle drei befanden sich im Korral. Der Regen löschte bald die Flammen, und als sich die Rauchschwaden verteilt hatten, sahen sie das Tier deutlicher: Es war ein schwarzes Pferd, das durch das Feuer verängstigt gewesen war und nun zaghaft zwischen den Felsen hervorkam.

»Will mal sehen, ob es sich einfangen lässt«, sagte Abel.

Jenny nickte aufgeregt. Sie hatte ihren Schreck und ihre durchnässten Kleider völlig vergessen. Während Abel sein Lasso holte und langsam durch den Schlamm stapfte, merkte Jenny, dass der Regen nachließ. Doch tief hängende Wolken erfüllten noch die Mulden und verweilten über den Sätteln der Bergkämme.

Die Pferde im Corral hatten das fremde Tier gewittert. Der Hengst Pete ließ ein kurzes, schrilles Wiehern hören. Das schwarze Pferd scharrte nervös mit den Hufen. Es ließ die Ohren spielen und beobachtete, wie Abel vorsichtig näher kam. Jennys Herz klopfte laut vor Aufregung. Das Pferd verhielt sich wachsam, doch zeigte es keine Furcht. Jenny hielt den Atem an. So ein wunderschönes Pferd hatte sie noch nie gesehen. Es war außergewöhnlich hochgewachsen. Hals und Brust waren auffallend breit und die feingliedrigen Beine wirkten fast zerbrechlich. Die dichte Mähne war verwildert und der Schweif war so lang, dass er fast über den Boden schleifte. Sein regennasses Fell und seine Nüstern dampften. Das Tier wirkte wie am Ende seiner Kraft.

»Das ist kein gewöhnlicher Mustang, sondern ein Reitpferd«, sagt Abel halblaut und Jenny antwortete im Flüsterton: »Sieh dir mal die Flanken an! Das ist eine tragende Stute.«

»Wir dürfen sie nicht erschrecken«, sagte Abel. Er schüttelte das Lasso. Das schwarze Pferd hob den Kopf. Ein Schauer lief über sein Fell. Seine verdrehten Augen gaben das mit Adern durchzogene Weiß des Augapfels frei. Jenny biss sich aufgeregt auf die Lippen. Wenn es sich doch nur einfangen ließe!

Abel ging langsam auf die Stute zu, wobei er beruhigend auf sie einredete. Als er schließlich das Lasso warf, geschah es schnell und geschickt. Die Schlinge legte sich über den Kopf der Stute.

Das Tier, das vor dem Geruch des Fremden zurückwich, blieb nervös stehen. Offenbar kannte es ein Lasso.

Abel führte das Pferd behutsam zum Korral, sprach leise zu ihm und streichelte Hals und Flanken. Die Stute zuckte erschreckt, doch allmählich wurde sie ruhiger. Jenny kam näher heran und streckte ihre Hand aus. Das Pferd beschnupperte neugierig ihre Finger, wich jedoch sofort zurück, als sie nach seinen Nüstern griff.

»Ruhig, ruhig«, murmelte Abel. »Die Stute ist gezähmt, aber sie hat Angst.«

»Wo sie wohl herkommt?«, fragte Jenny.

»Das möchte ich auch wissen«, sagte Abel. »Sie ist wahrscheinlich irgendeinem Gestüt entlaufen.«

Jennys Augen leuchteten.

»Sie ist so schön. Können wir sie nicht behalten?«

Abel schüttelte den Kopf.
»Leider nicht. Wir müssen sie ihrem Besitzer zurückbringen. Sie trägt sicherlich ein Kennzeichen.«
Doch als er die Hinterhand des Tieres untersuchte, entdeckte er, dass sich genau an der Stelle, wo das glühende Eisen das Kennzeichen eingebrannt hatte, eine dicke, wulstige Narbe befand. Der Hals und die Flanken wiesen ähnliche Narben auf. Manche waren kaum verheilt.
»Sie muss schon längere Zeit in der Wüste umhergeirrt sein. Wahrscheinlich haben ihr Wildpferde diese Wunden zugefügt, um sie aus ihrem Rudel zu vertreiben«, sagte Abel nachdenklich.
Jenny fasste wieder Hoffnung.
»Aber könnte sie dann nicht doch bei uns bleiben, wenn man bei ihr kein Kennzeichen mehr feststellen kann?«
»Wir dürfen das Risiko nicht eingehen«, sagte Abel. »In Arizona gilt Pferdediebstahl als schwerwiegendes Verbrechen. Zuerst pflegen wir mal das Tier und dann erkundige ich mich nach seinem Besitzer.«
Jenny ließ einen enttäuschten Seufzer hören. Aber ihr Vater hatte schon recht, Scherereien aus dem Weg zu gehen. Während Abel das Pferd im Korral anpflockte und eine Satteldecke holte, lief Jenny mit einem Eimer zur Quelle. Dann und wann leuchteten die Wolken im Widerschein ferner Blitze auf. Die Blätter der Büsche tropften und das angestiegene Wasser des Baches rauschte zwischen den Ufern. Jenny watete im Schlamm, füllte den Eimer und ging wieder zurück in den Korral, wo Abel die Stute abrieb.
»Mische die Kleie mit dem Wasser und füttere sie aus dem Eimer. Sie scheint ziemlich verwöhnt zu sein.«
Jenny gehorchte. Sie hielt dem Pferd den Eimer hin. Nach einigem Zögern senkte schließlich die Stute den Kopf und begann zu fressen. »Sie ist richtig ausgehungert«, sagte Jenny. »Man kann ihre Rippen zählen. Und sie wird ihr Fohlen bald zur Welt bringen.«
Abel nickte. »Ich vermute, dass sie deswegen unsere Nähe suchte.«

In der Nacht konnte Jenny kaum einschlafen. Sie musste immerzu an das fremde Pferd denken. Wie es wohl hieß? Eine so prachtvolle Stute musste einen klangvollen Namen haben, einen, wie ihn die Indianer ihren Pferden geben: »Fliegender Speer« oder »Schwarze Wolke«. Jenny lag wach und lauschte auf die leise, glucksende Musik der Tropfen, die aus der Dachrinne in die Wasserfässer fielen. Ihr Bett befand sich in einer kleinen Nische, die mit einer indianischen Decke verhüllt war. Ihr Vater schlief nahe an der Tür, auf einem Büffelfell, auf das er Betttücher und Decken legte. Er war es von Kindheit an gewohnt, auf dem Boden zu schlafen. Abel Grey war als Waise aufgewachsen. Seine Eltern starben, als ihr Wagenzug von Plünderern überfallen wurde. Apachen vom Stamm der »White Mountains« fanden das Baby und nahmen es mit in ihr Lager. Abel hatte die ersten zwölf Jahre seines Lebens bei den Indianern verbracht. Später hatte ein weißer Missionar den Jungen mitgenommen. Abel lernte in der Missionsschule lesen und schreiben und wuchs zu einem schweigsamen jungen Mann heran, der seine indianische Erziehung nie zu verleugnen suchte, was ihm mancherlei Verdruss einbrachte. Mit achtzehn heiratete er Emily, die Tochter dänischer Einwanderer, und bezog mit ihr eine Farm am Rande der Wüste. Jenny wurde ein Jahr später geboren. Emilys früher Tod hatte Abel noch schweigsamer gemacht. Er war völlig unabhängig, brauchte niemanden und lebte nur für seine kleine Tochter. Die Apachen, die ihm einst den Namen »Kleiner Biber« gegeben hatten, duldeten ihn auf ihrem Gebiet. Sie kamen häufig, um sich an der Quelle zu erfrischen und ihre Pferde zu tränken. Jenny wusste, dass sich viele Weiße vor den Indianern fürchteten. Sie selbst hatte nie die geringste Angst vor ihnen verspürt; vielleicht deshalb, weil ihr Vater in seinem Wesen etwas von den Indianern an sich hatte: seine geschickten, sicheren Bewegungen, seine natürliche Gelassenheit, wie er mit den Dingen umging und die sich in kaum veränderter Form auch in seinen Beziehungen zu Mensch und Tier bemerkbar machte.

Sie musste eingeschlafen sein: Plötzlich weckte sie ein Geräusch. Sie fuhr erschrocken hoch und vernahm die ruhige Stimme ihres Vaters.
»Schlaf nur, Jenny. Ich bin gleich wieder da.«
Er schob den Riegel zurück und schloss leise die Tür hinter sich. Jenny drehte sich auf die andere Seite und schlief sofort wieder ein. Als sie nach einer Weile abermals erwachte, war ihr Vater immer noch nicht zurück. Sie stand auf und tastete im Dunkeln nach ihren Kleidern. Hastig zog sie sich an und ging aus dem Haus. Das Wasser tropfte noch vom Dach und der Boden war nass und glitschig, aber die Wolken hatten sich verzogen. Die Sterne schwammen wie Milliarden von Glühwürmchen über den leuchtenden Berggipfeln.
Im Stall brannte Licht. Als Jenny eintrat, hörte sie ein leises, dumpfes Wiehern. Ein süßlicher Geruch machte die Luft stickig. Und dann konnte sie Abel im fahlen Schein der Petroleumlampe erkennen. Er hielt, zärtlich an seine Brust gedrückt, ein winziges, feuchtes, zitterndes Fohlen.
»Es ist ein kleiner Hengst«, sagte er. »Ich kam gerade rechtzeitig, um der Mutter Geburtshilfe zu leisten.«
Jennys Blick wanderte zur Stute, die erschöpft im Stroh stand.
»Oh Daddy! Das ist wundervoll!«, stieß sie hervor. »Können wir wenigstens das Fohlen behalten?«
Abel lächelte müde. »Nein, Jenny. Das Fohlen darf nicht von der Mutter getrennt werden. Sie gehören beide ihrem Besitzer. Aber wir können ihm einen Namen geben.«
Jenny betrachtete das Neugeborene. Es glich einem lebenden Spielzeug, aber eines Tages würde es groß und stark sein und sicher alle anderen Pferde an Kraft und Schönheit übertreffen. An der offenen Stalltür stehend, ließ sie ihre Blicke umherschweifen. Sie wollte dem Fohlen einen Namen geben, der dieser Schönheit Ausdruck verlieh. Da sah sie eine Sternschnuppe, die über den Bergen ihre leuchtende Bahn zog und in der Finsternis verglühte. Sie wandte ihrem Vater ihr strahlendes Gesicht zu.

»Ich weiß, wie ich es nennen werde! Sein Name soll Flammender Stern sein.«
Abel nickte lächelnd. Er legte behutsam das Fohlen neben der Mutter ins Stroh nieder. »Flammender Stern«, wiederholte er. »Du hast gut gewählt. Der Name wird ihm Glück bringen.«

2. Kapitel

Am nächsten Tag war die Luft wunderbar kühl und klar. Die Hügel wirkten fast unnatürlich grün und der Bach funkelte in der Sonne. Abel war schon früh fortgeritten, um nach den fehlenden Schafen zu suchen. Jenny saß bei der Stute und ihrem Fohlen. Die Mutter – Jenny hatte ihr den Namen »Die Schwarze« gegeben – leckte zärtlich ihr Kleines. Jenny sah zu, wie es sich schwankend auf seinen Beinen aufrichtete und an den Zitzen der Mutter saugte. Sie seufzte bedrückt. Ihr Herz schmerzte schon jetzt bei dem Gedanken, sich von den beiden Tieren wieder trennen zu müssen. Auf einmal hielt sie den Atem an und lauschte. Ihr feines Gehör hatte draußen ein leises, aber ungewöhnliches Geräusch vernommen. Behutsam, um die Pferde nicht zu erschrecken, stand sie auf und trat aus dem Stall. In der grellen Sonne blinzelnd, sah sie einen Indianer zwischen den Bäumen hervorkommen. Er saß auf einem großen Falben. Ein zweiter Indianer erschien und dann noch einer. Sie tauchten wie durch Zauberei aus dem Gebüsch hervor, bis sie etwa ein Dutzend waren. Die mittelgroßen Männer wirkten wegen ihrer breiten Schultern kleiner, als sie eigentlich waren. Sie trugen kurze Lederhosen und Mokassins, die ihnen bis an die Knie reichten und sie vor Dornen schützten. Ihre bronzebraunen Gesichter mit den ausgeprägten Wangenknochen und den schmalen schwarzen Augen waren für Jenny ein vertrauter Anblick. Sie kannte sogar einige von ihnen. Der junge Mann mit dem Falben, der ein Stirnband mit einem ungewöhnlich schönen Türkis trug, hieß Lupe. Er war der Sohn von Ky Eagle, dem Häuptling der White-Mountain-Apachen. Er ritt allein näher und fragte Jenny: »Wo ist dein Vater?«

»Er ist oben auf den Hügeln und sucht nach verlorenen Scha-

fen.« Jenny drückte sich zögernd, aber klar in der Apachensprache aus, die Abel ihr beigebracht hatte.
»Und er hat seine Tochter allein gelassen, damit sie das Haus bewache«, sagte Lupe spöttisch.
Jenny lehnte gelassen an einer Korralstange.
»Ich habe keine Angst.«
Die Indianer lachten, aber es war kein abschätziges Lachen. Sie sahen vor sich eine Elfjährige mit haselnussbraunen Augen und von der Sonne gebleichtem blondem Haar. Ihr klares, ovales Gesicht war freundlich. Ihr ganzes Wesen strahlte Freimütigkeit und Ruhe aus.
Lupes Türkis leuchtete in der Sonne. Jenny erinnerte sich, dass früher Ky Eagle diesen Stein getragen hatte. Eine leichte Beklommenheit stieg in ihr auf. Lupe hatte ebenmäßige Züge, eine hohe, gewölbte Stirn und funkelnde Augen, doch seine dünnen Lippen und sein eckiges Kinn drückten Eigensinn und Grausamkeit aus.
Er hob plötzlich die Hand. Seine Stimme klang hart und rasselnd.
»Wenn du die Aufsicht über die Ranch hast, so höre: Ky Eagle, mein Vater, kehrte jenseits des Lichts zu seinen Ahnen zurück. Ich führe nun an seiner Stelle unser Volk.«
Jennys Herz klopfte schneller. Ky Eagles Tod würde Abel hart treffen. Der alte, weise Häuptling hatte es verstanden, mit den Weißen geschickt zu verhandeln und den Frieden zu wahren. Aber Lupe hatte etwas Anmaßendes und Unberechenbares an sich.
»Wir haben Wagen gesehen«, fuhr er fort. »Viele Wagen, die Holz und Material bringen. Die Weißen wollen ein neues Fort, südlich des White River, bauen. Wir sagen den Weißen, dass sie nicht durch das Land der Apachen ziehen können. So steht es im Vertrag. Keine Wagen von Weißen dürfen südlich des White River rollen. Dein Vater soll nach Cedar Creek zum Eichenblatt-Häuptling reiten und ihm sagen: ›Ein Fort wird Krieg bedeuten!‹«

Abel hatte nur wenige Freunde; einer davon war Major Holland, der Kommandant der Garnison in Cedar Creek. Die Indianer hatten ihm diesen Beinamen wegen der Eichenblätter auf den Schultern seiner Uniform gegeben.
Jenny nickte gelassen.
»Ich werde es meinem Vater ausrichten.«
Lupe sah sie ausdruckslos an. Dann wandte er seinen Falben um und ritt grußlos davon. Seine Gefährten folgten ihm. Als die Apachen wieder verschwunden waren, ging Jenny in den Stall zurück.
Sofort hob die Schwarze den Kopf und zeigte das Weiße ihrer Augen. »Ruhig, ruhig«, sagte Jenny, »ich tu deinem Kleinen doch nichts!« Die Stute senkte den Hals und schnaufte beruhigt, während das Fohlen neben ihr kauerte und schlief.
Jenny setzte sich wieder ins Stroh und wartete auf ihren Vater.
Abel kam gegen Mittag nach Hause. Er hatte die Schafe eingefangen und auf die Weide zurückgetrieben. Jenny sah ihn schon von Weitem und lief ihm den Bach entlang entgegen. Er streckte die Hand aus. Jenny stützte sich leicht auf den Steigbügel und schwang sich hinter ihm in den Sattel.
»Lupe ist da gewesen«, sagte sie.
»Und was hat er gesagt?«, fragte Abel stirnrunzelnd.
»Ky Eagle ist gestorben.«
Jenny konnte Abels Gesicht nicht sehen, doch sie spürte, wie seine Schultern sich strafften.
»Ky Eagle war alt und krank«, sagte er kummervoll. »Es war Frühling, als ich sein Lächeln zum letzten Mal sah.« Er schwieg eine Weile, während das Pferd im Schritt ritt, und fragte schließlich: »Was hat Lupe denn sonst noch gesagt?«
Jenny erzählte es ihm. Abel schob den Hut aus der Stirn und seufzte.
»Das sind schlechte Nachrichten. Lupe ist zu ungeduldig. Aber dieses Gebiet gehört den Apachen und ein neues Fort ist ein Vertragsbruch.«
»Lupe droht mit Krieg«, sagte Jenny.

»Lupe ist ein Hitzkopf«, sagte Abel finster. »Ich hatte sowieso vor, morgen nach Cedar Creek zu reiten, um den Besitzer der Pferde ausfindig zu machen. Bei dieser Gelegenheit will ich mal mit Holland sprechen. Aber es ist vermutlich sinnlos. Der Bau des Forts wird schon beschlossene Sache sein.«
Er stieg ab und führte das Pferd in den Korral. Jenny half ihm, dem Tier Sattel und Zaumzeug abzunehmen und es mit einer Decke trocken zu reiben. Dann gingen sie in den Stall. Abel streichelte die Schwarze. Das Fohlen streckte ungeschickt die Beine vor, versuchte verzweifelt, sich aufzurichten, und fiel wieder ins Stroh zurück. Abel und Jenny lachten.
»Es wird bald gelernt haben, sich auf die Beine zu stellen«, sagte Abel.
Jennys Lachen erlosch.
»Ich hoffe, dass du seinen Besitzer nie ausfindig machst!« Abel legte ihr die Hand auf die Schultern.
»Soll ich dir mal etwas verraten? Das wünsche ich mir auch!«
Sie gingen auf das Haus zu. Auf einer Bank neben der Tür stand eine Waschschüssel. Daneben lagen ein sauberes Handtuch und ein Stück hausgemachte Seife. Abel legte Hut und Hemd ab, wusch und kämmte sich und zog das Hemd wieder an.
»Das riecht aber ausgezeichnet, kleine Lady«, sagte er, als er ins Haus trat.
Jenny strich sich lachend das Haar aus dem Gesicht.
»Wenn ich groß bin, will ich eine gute Köchin sein!«
Sie brachte eine Schüssel auf den Tisch. Abel setzte sich, immer noch lächelnd, aber seine Augen blickten ernst. Ein Kind sollte das Recht haben, in einer friedlichen Welt aufzuwachsen. Doch allzu viele Männer wünschten sich den Krieg.

3. Kapitel

Am nächsten Tag machte sich Abel schon vor Sonnenaufgang auf den Weg. Zwischen der Ortschaft und der Ranch erstreckten sich einige Meilen wildes Wüstenland. Nur Fettholzstauden wuchsen hier und das Gelände war von ausgetrockneten Flussläufen und Wällen aus Basalt und Sandsteinen durchzogen. Abel ritt schnell, aber die Sonne stand schon hoch am Himmel, als er die ersten Telegrafenmasten erblickte. Außer einigen Bauten aus Ziegelsteinen gab es in Cedar Creek nur »Jacales«, jene Hütten, in denen Mexikaner wohnten. Sie bestanden aus Stangen, die in den Boden gerammt und mit Lehm verputzt waren. Der Regen hatte hier großen Schaden angerichtet: Ganze Wände waren zusammengebrochen und der gesamte Hausrat wurde sichtbar. Hinter den Jacales befanden sich, wie kleine weiße Pyramiden, die Zelte der Garnison. Einige zweifelhafte Typen standen bei der Marketenderei und der Schmiede herum. Sie beobachteten den einsamen Reiter und überlegten, wer er wohl sein mochte und woher er käme. Große Teile des Indianergebietes waren nicht sicher. Es gehörte schon Mut dazu, sich allein auf den Weg zu begeben. Abel jedoch sah nicht aus wie ein Mann, den es sich zu berauben lohnte. Die Aufmerksamkeit der Grenzabenteurer war ihm nicht entgangen. Mit Augen, die so scharf waren wie die eines Apachen, betrachtete er das Gesindel. Die Männer wirkten heruntergekommen; ihre Pferde waren zähe, kräftige Tiere. Doch keiner sah so aus, als könnte er sich ein kostbares Vollblut leisten.

Die Kommandantur war ein Bau aus Ziegelsteinen, vor dem ein Flaggenmast stand. An einer Kiste, die als Schreibtisch diente, saß ein Sergeant und kratzte sich die schwitzenden Achselhöhlen. Abel nannte seinen Namen und sagte, dass er mit Major Holland zu sprechen wünsche. Der Sergeant schlurfte in den

nächsten Raum. Gleich darauf war er wieder da und führte Abel in Hollands Büro.
Sam Holland war ein hochgewachsener Mann mit angeborenem Sinn für Gerechtigkeit, der ihn ehrlich denken und ehrlich handeln ließ. Seine Haut war weiß – aber von der Art, die die Wüstensonne immer rot brennt, aber nie bräunt. Sein hageres Gesicht zeigte Spuren von Übermüdung.
Der Sergeant schloss die Tür. Abel setzte sich und streckte die langen Beine von sich. Holland lächelte ihn an.
»Freut mich, dich mal wiederzusehen. Was gibt es Neues?«
»Nichts Gutes.« Abel scheuchte eine Fliege weg. »Ky Eagle ist tot. Sein Sohn Lupe will die White Mountains in einen Krieg verwickeln . . . und damit alle anderen Apachen auch. Sie wissen von dem Fort.«
Holland zog hilflos die Schultern hoch.
»Die Pläne sind schon genehmigt. Der Bau soll im Frühjahr beginnen.«
Abel sprach in ihrem üblichen vertrauten Umgangston weiter. Sie kannten sich schon lange.
»In der Apachensprache gibt es zwar kein Wort für Betrug – aber das hier ist als glatter Betrug zu verstehen. Sollten die Apachen den Kampf aufnehmen, wird kein Weißer in diesem Gebiet mit heiler Haut davonkommen.«
»Dann wird auch deine Stunde schlagen«, sagte Sam Holland. »Du solltest die Ranch aufgeben, solange du noch Zeit dazu hast.«
Abel verzog das Gesicht.
»In Cedar Creek riecht es mir zu sehr nach Pulver. Ich brauche frische Luft.«
»Du hast eine kleine Tochter.« Major Holland wiegte sorgenvoll den Kopf. »Ich denke ungern daran, was mit euch geschehen könnte, wenn ihr allein in der Wildnis bleibt.«
»Die Apachen kennen mich.« Abel lächelte unmerklich. »Sie nennen mich ›Kleiner Biber‹.«
Holland nickte.

»Du hast einen harten Schädel, Kleiner Biber.«
Abel grinste. »Das wissen auch die Apachen.« Er wechselte plötzlich das Thema. »Ich komme eigentlich wegen etwas ganz anderem hierher. Kennst du jemand in der Umgebung, der ein Zuchtpferd hat? Eine Vollblutstute mit seidigem Fell, bis zum Widerrist sechzehn Handbreit hoch, mit kräftiger Brust, feingliedrigen Beinen und kurzem Rücken?«
Holland starrte ihn an und ließ dann ein leises Glucksen hören. »Hier ist niemand, der zum Bürsten und Striegeln Zeit hätte. Sogar der Hafer wird rationiert. Bist du sicher, dass du das Prachtstück nicht in deinen Tagträumen gesehen hast?«
»Dazu fehlt mir die Fantasie.« Er erzählte dem Major, was vorgefallen war. »In der gleichen Nacht wurde ihr Fohlen geboren und jetzt habe ich zwei fremde Pferde. Ich heiße ›Kleiner Biber‹ und möchte nicht unter dem Namen ›Kleiner Pferdedieb‹ bekannt werden.«
Holland schmunzelte.
»Recht hast du! Aber ich glaube eher, dass dein Wundertier von Santa Fe oder Phoenix hergekommen ist. Der Besitzer wird Jahre brauchen, bis er den Weg zu deiner Ranch findet. Immerhin will ich mal die Ohren spitzen. Wenn ich höre, dass jemand sein Vollblut vermisst, schicke ich ihn zu dir.«
»Er kann beide Tiere sofort mitnehmen.« Abel ergriff seinen Hut. »Jenny wird betrübt sein, aber sie glaubt schon lange nicht mehr an den Weihnachtsmann.«

4. Kapitel

Die Zeit verging, aber niemand kam, um die Pferde zurückzuholen. Nach einigen Monaten war es Jenny, als hätten die Tiere schon immer zu ihnen gehört. Die »Schwarze« erwies sich als ein wundervolles Reitpferd und Flammender Stern wuchs zu einem ungestümen Füllen heran, das sich auf der Koppel nach Herzenslust austoben konnte. Es lief Jenny wie ein Hund nach und manchmal wollte es ihr sogar ins Haus folgen. Schon jetzt zeugten seine breite Brust, sein leicht geschwungener Hals von Kraft und Ausdauer, von Temperament und Feuer.

Inzwischen wurde in Cedar Creek mit dem Bau des Forts begonnen. Die Arbeiten wurden von Major Hollands stark bewaffneter Garnisonstruppe bewacht. In der Nähe gab es keine ergiebigen Weiden, auch das Futter für das Vieh musste herangeschafft werden. Mehrere Monate vergingen, bis das Bewässerungssystem funktionierte. Solange am Fort gebaut wurde, hielten sich die Indianer nie in größerer Zahl in der Nähe auf, aber Holzfällerkommandos oder Einwanderertrecks wurden häufig angegriffen.

Abel und Jenny merkten von alledem wenig. Abel war jedoch aufgefallen, dass die Apachen sich nicht mehr bei ihnen blicken ließen. Ein schlechtes Zeichen, dachte er, doch er behielt seine Gedanken für sich.

Die Jahreszeiten wechselten. Jenny half Abel im Haushalt, im Stall und auf dem Acker. Abel hatte ihr auch Lesen und Schreiben beigebracht. Sie war jetzt dreizehn Jahre alt: ein schlankes Mädchen, die Haare so blond wie die Mähne eines Falben. Ihr immer noch kindliches Gesicht war sonnengebräunt, ihr Hals lang und schmal. Die schweren Haus- und Feldarbeiten hatten ihre Hände rau und rissig gemacht. Sie wirkte zarter, als sie eigentlich war.

Flammender Stern war noch nicht zwei Jahre alt, als Abel mit der Dressur begann. Er legte zuerst Sattel und Zaumzeug in die Nähe des Tieres, damit es sich an den Anblick gewöhnen konnte. Nach einigen Tagen legte er ihm zum ersten Mal Satteldecke und Sattel auf. Flammender Stern wehrte sich zuerst, tänzelte nervös und zeigte das Weiße seiner Augen, aber er gewöhnte sich bald an den Sattel. Gegen das Zaumzeug wehrte er sich länger, fand sich jedoch eines Tages damit ab. Nach und nach verlor er auch seine Scheu vor Sattel und Zügel, denn er hatte herausgefunden, dass sie ihm nicht schadeten. Das Schwerste war, ihm das Mundstück am Zaumzeug anzulegen, aber schließlich gewöhnte sich der junge Hengst auch daran. Eines Morgens dann holte Abel einen Sack Korn aus dem Schuppen und legte ihn Flammender Stern über den Sattel. Der Hengst krümmte sich, schlug aus, rollte die Augen und tanzte aufgebracht hin und her. Abel wiederholte mehrere Tage diese Prozedur, während er das Pferd im Korral herumführte. Früher als er eigentlich beabsichtigt hatte, gab er auf Jennys Drängen nach und ritt es zum ersten Mal. Es war noch früh am Morgen. Jenny saß auf dem Korralzaun und beobachtete jede Bewegung ihres Vaters mit klopfendem Herzen. Flammender Stern stand ruhig da und zitterte ein wenig, als Abel die Schlinge um seinen Hals warf. Mit gespitzten Ohren und misstrauischen Augen beobachtete er Abel, der am Lasso entlang auf ihn zuging. Nach einigem Widerstreben ließ sich Flammender Stern das Mundstück anlegen. Er tänzelte, spannte den Rücken und schlug kurz aus, als Abel ihm Satteldecke und Sattel auflegte. Jenny lächelte. Später würde Flammender Stern noch lernen, sich aufzublähen, wenn die Sattelgurte angezogen wurden, denn diesen Trick kannte er jetzt noch nicht. Abel streichelte das Tier, um es zu besänftigen. Flammender Stern ließ die Ohren spielen und lauschte auf Abels leise, sanfte Worte. Er sprach mit dem Pferd in der Apachensprache. Jenny wusste, dass die Indianer solche Worte »Zauberworte« nennen, und tatsächlich schien der melodische Singsang das Tier zu beruhigen. Jenny kannte den Sinn dieser Worte, die ihr Vater ihr beigebracht hatte.

»Mein Pferd, wenn es will,
ist schnell wie der Sturmwind.
Und meine Hand hält die Zügel.
Mein Pferd, wenn es will,
ruft die Wolken herbei.
Und fliegt mit mir in den Himmel.«

Als Abel sich in den Sattel schwang, biss sich Jenny nervös auf die Lippen. Sie sah, wie Flammender Stern die Muskeln straffte. Seine Nüstern blähten sich. Einige Sekunden verharrte er bewegungslos, als ob er nicht verstand, was jetzt mit ihm passierte. Plötzlich durchlief ein heftiges Zucken seinen Körper. Seine Flanken wölbten sich, er beugte den Hals, senkte den Kopf und schlug aus, aber Abel hielt die Zügel mit eisenharten Händen. Doch kaum lockerte er die Zügel, als Flammender Stern ein schrilles Wiehern ausstieß. Er bäumte sich zu seiner ganzen Größe auf, die Hufe schlugen durch die Luft. Dann fiel er so schwer auf die Vorderhufe zurück, dass der Staub aufstieg, und drehte sich wütend um seine eigene Achse, während Abel fest im Sattel blieb. Er schien jede Bewegung des Tieres vorauszuahnen und fing jeden Sprung schon im Ansatz durch eine geschickte Gegenbewegung ab. In rasendem Tempo galoppierte das Pferd den Zaun entlang. Immer wieder wechselte es den Schritt oder versuchte, sich zu überschlagen, um den Reiter abzuwerfen. Mähne und Schweif peitschten die Luft. Immer schriller, immer wütender wurde sein Wiehern. Staub wirbelte auf. Große feuchte Flecken bildeten sich auf seinen Flanken und aus seinem Maul trat Schaum. Plötzlich schrie Abel:
»Schnell! Mach das Tor auf!«
Jenny sprang zu Boden und gehorchte mit fliegendem Atem. Sie hatte kaum Zeit, sich zurückzuwerfen: Das Pferd jagte so nahe an ihr vorbei, dass sie die starke Ausdünstung seines dampfenden Körpers roch. Es raste den Weg entlang und unter dem niedrigen Ast hindurch. Es versuchte zuerst, Abel in die Büsche zu schleudern, und jagte dann in wildestem Ga-

lopp dem Haus entgegen. Jenny presste die Hand vor den Mund, um einen Schrei zu unterdrücken. Im allerletzten Augenblick, als Jenny Pferd und Reiter im Geist bereits gegen die Steinwand prallen sah, legte sich Abel zur Seite, schmiegte seinen Körper an die Flanke des Pferdes und ließ es wenden. Jetzt jagten Pferd und Reiter wie ein geflügelter Schatten den Bach entlang, den Hügel hinauf und über den Kamm hinweg.
Während sich langsam hinter ihnen eine Staubwolke senkte, stand Jenny da wie gelähmt. Der Hof war plötzlich so leer und still geworden, dass sie das Klopfen ihres Herzens deutlich vernahm. Die Minuten schleppten sich quälend langsam dahin. Jenny hatte volles Vertrauen in die Geschicklichkeit ihres Vaters, aber Flammender Stern war kein gewöhnliches Pferd. Hatte es ihn möglicherweise schon abgeworfen? Lag er irgendwo verletzt am Boden? Oder stürmte der Hengst weiter in die Wüste hinaus? Jenny bohrte vor Aufregung die Fingernägel in die Handflächen. Plötzlich vernahm sie das Trommeln der Hufe, sah Pferd und Reiter hoch oben auf dem Hügelkamm und stieß einen Freudenschrei aus. Abel hatte das Pferd so lange laufen lassen, bis seine überschüssige Kraft erschöpft war. Flammender Stern war mit Schweiß und Schaum bedeckt. Aber er fügte sich seinem Reiter.
Abel schwang sich aus dem Sattel und führte das Pferd in den Korral. Mit der Nagelspitze strich er ihm leicht und zärtlich über die Stirn. Flammender Stern ließ ein müdes Wiehern hören.
»Er hat heute eine Menge gelernt«, sagte Abel. »Jetzt können wir ihn beschlagen. Die Hornschicht ist schon zu sehr über die Hufe hinausgewachsen.«
Jenny streichelte den nassen Hals des Hengstes. »Wann werde ich ihn wohl reiten können?«
»Schon bald, nehm ich an. Er muss zuerst seine Fähigkeiten entwickeln und sich in Geduld üben. Aber sein Kampfgeist darf nicht gebrochen werden.«
Flammender Stern wurde abgesattelt. Jenny nahm eine Hand-

voll Heu und rieb ihn liebevoll trocken. Dem Hengst schien diese Behandlung zu gefallen: Er wieherte leise und dankbar. Während Jenny sich mit dem Pferd befasste, schürte Abel den Schmiedeofen und erhitzte die Hufeisen. Dann legte er sie auf den Amboss und hämmerte sie zurecht. Jenny beobachtete die stiebenden Funken und lauschte auf das helle Klingen des Hammers. Flammender Stern ließ sich erstaunlich willig beschlagen. Jenny sprach mit ihm und lenkte ihn ab, während ihm Abel die Hufe beschnitt und die Eisen anpasste. Danach beschlug er auch noch die Schwarze und seine anderen Pferde. Es wurde Mittag, als sie mit der Arbeit fertig waren. Beide, Vater und Tochter, waren müde und nass geschwitzt. Unten am Bach war es kühl, eine leichte Brise wehte. Sie besprengten sich Hände und Gesicht mit Wasser und setzten sich unter einen Baum. Jenny dachte nach. Plötzlich fragte sie:

»Gehört eigentlich Flammender Stern jetzt endgültig uns?«

Abel kaute an einem Grashalm.

»Wir haben ihn großgezogen und zugeritten. Ich möchte, dass du ihn bald reitest. Aber nach bestehendem Recht wird er uns nie gehören.«

Jenny senkte den Kopf. Ihr war, als ob die Welt sich verdunkelte.

»Dann kann ihn also sein Besitzer immer noch zurückverlangen?«

Abel lächelte beschwichtigend.

»Sorge dich nicht. Es ist schon so viel Zeit vergangen, seit die Schwarze zu uns kam. Und es wagen sich nur wenige Fremde ins Indianergebiet.«

Jenny holte befreit Atem. Abel sah wieder den gewohnten heiteren Ausdruck in ihrem Gesicht. Er trocknete seine Hände und stand auf.

»Wie wär's, wenn wir uns etwas kochen würden? Ich habe großen Hunger, du nicht?«

5. Kapitel

Es verging noch einige Zeit, bis Jenny Flammender Stern reiten konnte. Zuerst verließen sie nicht den Korral. Der Hengst duldete Jenny zwar ohne Weiteres auf seinem Rücken; er war jedoch an Abel gewöhnt und fühlte sich durch die Reiterin verunsichert. Jenny war leichter und hatte nicht die stählernen Hände ihres Vaters. Doch das Tier hatte gelernt, kleinsten Signalen von Knie und Zügel zu folgen, und merkte bald, dass es sich auf Jenny verlassen konnte.

An einem strahlenden, blau glitzernden Morgen erfüllte Abel Jennys sehnlichsten Wunsch und ließ sie zum ersten Mal ausreiten. Jenny hatte das Pferd lange gebürstet und sich erst zufriedengegeben, als das Fell wie schwarze Seide glänzte. Die sorgfältig gekämmte Mähne fiel in schimmernden Wellen herab. Flammender Stern schien sich seiner Anmut bewusst. Er tänzelte stolz, ließ die Muskeln spielen und bog den geschmeidigen Hals. Seine Augen glänzten wie dunkle Spiegel. Jenny konnte sich nicht satt an ihm sehen.

»Wie schön er ist! Schau nur, er kommt zu mir!«

»Er hat dir sein Herz geschenkt«, sagte Abel.

Er führte die Schwarze aus dem Stall, während Jenny den Hengst sattelte. Als sie sich auf seinen Rücken schwang, ließ Flammender Stern ein sanftes Schnurren hören. Er schien Jennys Freude zu teilen.

Sie verließen den Korral. Abel ritt neben seiner Tochter und betrachtete sie mit sichtlichem Stolz. Jenny trug ein weißes Kleid und weich gegerbte Mokassins. Ihr blondes Haar wehte im Wind. Sie saß wie eine Feder auf dem großen Pferd und doch hatte Abel nie eine so vollendete Harmonie zwischen Mensch und Tier gesehen.

Sie ritten über den Kamm hinaus. Die Brise flüsterte in den Büschen. Ein Duft stieg auf, jener Duft nach trockenen Gräsern, Fichten und Salbei, der mit dem Wind von den Höhen weht. Jenny fühlte sich eins mit ihrem Pferd und vor ihr lag die Wildnis ohne Grenzen unter dem weiten blauen Himmel. Sie spürte, wie Flammender Stern seine Kräfte spielen ließ, und wandte ihrem Vater ihr lachendes Gesicht zu.

»Darf ich galoppieren? Ganz allein?«

Abel ließ die Augen über die Landschaft schweifen. Als er nichts Verdächtiges entdeckte, nickte er zustimmend. Schon stieß Flammender Stern ein nervöses, heiseres Wiehern aus. Jenny konnte ihn kaum halten.

Jetzt?«, fragte sie atemlos.

»Entferne dich nicht zu weit«, sagte Abel.

Jenny hörte kaum die letzten Worte. Sie lockerte die Zügel, grub beide Knie in die Flanken des Pferdes. Flammender Stern spannte den Rücken. Der Sprung, mit dem er davonjagte, nahm Jenny fast das Gleichgewicht. Doch sie hielt sich im Sattel. In rasendem Galopp stürmte der Hengst über die Ebene. Seine Nüstern blähten sich, seine Ohren lagen flach am Kopf, die lange Mähne peitschte Jennys Gesicht. Immer wilder, immer schwereloser wurde sein Galopp. Er berührte den Boden nur, um sich mit einem neuen Sprung wieder abzustoßen. Jenny war, als ob das Pochen ihres Blutes, das Hämmern ihres Herzens mit dem Hufschlag im Gleichklang tönten. Sie trank in tiefen Zügen die warme, herbe Luft. Und die Glückseligkeit, die sie dabei erfüllte, überstieg alles, was sie sich je erträumt hatte. Immer noch den gleichmäßigen Bewegungen des Pferdekörpers unter sich folgend, beobachtete sie eine einsame weiße Wolke in der Weite des Morgenhimmels. Die Wolke, von sanftem Wind getrieben, zeichnete Schatteninseln auf die Ebene und bewegte sich auf einen Berghang zu. Ich werde vor ihr da sein, dachte Jenny, berauscht vor Glück. Sie beugte sich über die Mähne des Hengstes und stieß nahe an seinem Ohr einen schrillen, durchdringenden Schrei aus, den Schrei, mit dem die Indianer ihre Pferde zur höchsten Geschwindigkeit antrieben. Und Flammender Stern

steigerte seinen Galopp zu immer wilderer Hast. Wie ein schwarzer Speer flog der Hengst dem Berghang entgegen.
Stachelbirnen und dichtes Wacholdergebüsch wuchsen am Rand einer Schlucht. Während Flammender Stern auf dem weißen Sandboden dahinstürmte, bemerkte Jenny eine Bewegung im Unterholz. Ein Sonnenstrahl blitzte auf einem Gewehrlauf und plötzlich tauchte ein Reiter aus dem Schatten der Büsche. Jenny erkannte ihn sofort: Es war Lupe.

6. Kapitel

Jenny straffte die Zügel. Flammender Stern fiel in Trab, dann in Schritt. Seine feuchten Flanken hoben und senkten sich. Jenny beobachtete den Indianer mit zusammengekniffenen Augen. Sie empfand keine Furcht vor ihm; sie wunderte sich nur über sein plötzliches Auftauchen, denn sie hatte ihn schon lange nicht mehr gesehen. Außerdem wusste sie, dass ihr Vater sie gleich einholen würde.

Lupe ritt ihr auf seinem Falben über den Rand der Mulde entgegen. Sein Gesicht mit dem hochmütigen Mund, der harten geraden Nase, den funkelnden Augen glich einer schönen, grausamen Maske. Sein nackter Oberkörper glänzte wie mit Öl eingerieben. Er trug ein Gewehr über der Schulter.

Jenny brachte ihr Pferd zum Stehen. Lupe ritt langsam um den Hengst im Kreis herum, wobei er das Tier von allen Seiten betrachtete. Jenny saß aufrecht im Sattel und rührte sich nicht. Schließlich sagte er:

»Du hast ein schönes Pferd.«

Jenny nickte stumm.

»Das ist ein Männerpferd«, sagte Lupe.

Jenny hob trotzig den Kopf. »Es ist mein Pferd.«

Lupe beugte sich vor, packte Flammender Stern an den Zügeln. Ein Schauer durchlief den Körper des Hengstes. Unter dem Fell begannen die Muskeln zu spielen. Lupe ließ ein leises, raues Lachen hören. Plötzlich wandte er sich um. Seine aufblitzenden Augen richteten sich auf Abel, der herangeritten kam und die Schwarze zum Stehen brachte.

»Lass die Zügel nur los«, sagte er ruhig.

Lupe grinste verächtlich, ließ die Zügel aber aus der Hand.

»Deine Tochter reitet das Pferd eines Kriegers.«

»Das Tier gehorcht ihr«, sagte Abel gleichmütig.

»Mir scheint, du verstehst was von Pferden.« Lupes Tonfall war höhnisch.
Abel nickte gelassen.
»Noch keiner vor dir hat das jemals anerkannt.«
Lupes hochmütiges Antlitz wirkte wie aus Kupfer.
»Ich besitze«, sprach er, »sieben gute, starke Mustangs. Einige Stuten darunter sind tragend. Ich biete dir alle sieben für den schwarzen Hengst.«
Jenny warf ihrem Vater einen erschrockenen Blick zu. Abels Gesicht war so ausdruckslos wie das eines Apachen. Er hob die Finger in der Zeichensprache der Indianer.
»Nein«, sagte seine Bewegung.
Keine Wimper zuckte über Lupes glitzernde Augen.
»Wie viele Pferde willst du? Nenne mir die Zahl!«
Abel sah ihm ruhig ins Gesicht.
»Weder die Pferde, die du besitzt, noch jene, die du zu stehlen gedenkst, reichen aus, um diesen Hengst zu bezahlen.«
Einen Augenblick war es so still, dass Jenny den Wind in den Bäumen rascheln hörte. Lupe starrte Abel finster an. Plötzlich hob er den Arm, löste sein Stirnband mit dem Türkis und hielt ihn Abel hin.
»Dieser Stein stammt von meinen Ahnen. Mein Großvater sagte, dass er einst vom Himmel fiel.« Seine tiefe Stimme wurde noch tiefer und nahm einen drohenden Tonfall an. »Gib mir das schwarze Pferd und der Stein gehört dir.«
Jennys Herz setzte für einen Schlag aus. Abel spürte ihre Erregung und legte ihr beruhigend die Hand auf die Schulter.
»Du würdest damit einen großen Frevel begehen, Lupe«, sagte er. »Ein Pferd, und sei es noch so kostbar, ist sterblich. Der Türkis aber ist so alt wie die Welt und wird ewig bestehen. Ich kann den Stein nicht annehmen! Du handelst aus Habsucht und die Geister deiner Ahnen werden dich deswegen hassen.«
Lupes Augen zogen sich zu Schlitzen zusammen. Sein Gesicht spannte sich, dass die Kieferknochen hervortraten. Mit einer blitzschnellen Bewegung richtete er sein Gewehr auf Abel. Der

rührte sich nicht, blickte gelassen in die Waffenmündung. Lupe holte geräuschvoll Luft und senkte das Gewehr.

»Kleiner Biber«, zischte er, »merke dir, du gehörst nicht mehr zu den Apachen. Die Deinen haben uns das verräterische Ehrenwort des weißen Mannes gegeben. Sie wollen uns in eine Reservation einsperren und unseren Bauch mit Wind und Versprechungen füllen. Das Fort wird gebaut und viele törichte Männer schlafen in Zelten. Wenn der Mond wächst, werden sich unsere Messer in ihre Herzen bohren. Ich werde den schwarzen Hengst erbeuten und deinen Skalp an seine Mähne hängen.«

Er riss sein Pferd auf der Hinterhand herum und jagte davon, dass die Erdklumpen in die Höhe flogen. In wenigen Sekunden war er in den Büschen verschwunden. Jenny suchte angstvoll die Augen ihres Vaters.

»Was wird er jetzt tun?«

»Er wird uns Verdruss bereiten«, sagte Abel düster. »Ein Mann, der aus Habsucht das Erbe seiner Ahnen verschleudert, hat weder Achtung vor den Lebenden noch vor den Toten. Von jetzt an müssen wir uns vor ihm in Acht nehmen.« Er ließ die Schwarze wenden.

»Komm. Wir reiten nach Hause.«

7. Kapitel

Abel erwachte kurz nach Sonnenaufgang. Er stand auf, zog sich rasch an und ließ vom Fenster aus seinen Blick über den Hof wandern. Die Sonne schimmerte hinter den Bäumen und der Himmel war strahlend blau. Hinter dem Korralzaun, der schräge Schatten auf den Sand warf, liefen die Pferde unruhig umher. Abel sah, wie die Schwarze den Kopf in Windrichtung hob und die Nüstern blähte, während Flammender Stern nervös stampfte. Abel hatte einen leichten Schlaf; die Unruhe der Pferde war es wohl gewesen, die ihn geweckt hatte.

Jenny schlief noch. Abel zögerte einen Augenblick, dann schnallte er seinen Gürtel um und steckte den Colt ins Futteral. Er schürte die Glut im Ofen, öffnete leise die Tür und trat in den kühlen Morgen hinaus. Er setzte sich auf eine Stufe, zog seine Stiefel an und zog den Hut in die Stirn. Dann ging er hinunter zum Bach. Das Wasser funkelte und plätscherte über die Kiesel. Abel kauerte nieder und wusch sich. Nachdem er sich gekämmt hatte, setzte er den Hut wieder auf, ging langsam um die Ranch herum und suchte nach Spuren. Ab und zu warf er einen Blick auf die Pferde. Flammender Stern spitzte die Ohren und wieherte dumpf. Abel runzelte besorgt die Brauen. Als er zum Haus zurückging, erschien Jenny blinzelnd auf der Schwelle und knöpfte hastig ihr weißes Kleid zu.

»Ich habe mich verschlafen.«

Das Haar hing ihr noch ungekämmt ins Gesicht. Als sie eine Strähne zurückwarf, fiel ihr Blick auf die Pferde.

»Was haben die denn?«

Abel drehte sich eine Zigarette.

»Keine Ahnung. Aber die Sache gefällt mir nicht.«

»Lupe?«, flüsterte Jenny.

Abel wiegte zweifelnd den Kopf. Während er den Rand des Papiers mit der Zunge benetzte und die Zigarette zuklebte, suchten seine Augen unablässig die Gegend ab. Inzwischen war Jenny zum Bach gelaufen; sie tauchte Gesicht und Hände ins Wasser. Die Kälte schmerzte auf der Haut, aber es tat gut. Sie richtete sich auf und bewegte die nassen Arme im Wind. Sie spürte, wie das Blut in den Fingerspitzen prickelte. Sie füllte einen Eimer mit Wasser und trug ihn ins Haus.

Abel saß auf der Stufe und rauchte.

»Der Kaffee ist gleich fertig«, sagte Jenny.

Sie setzte sich rittlings auf einen Stuhl und drehte die Kaffeemühle. Abel kam einige Minuten später ins Haus und beantwortete Jennys fragenden Blick mit einem Achselzucken. Während das Mädchen den Kaffee aufgoss, beobachtete er am Fenster die Pferde. Plötzlich stieß Flammender Stern ein schrilles Wiehern aus. Im selben Augenblick hörten sie Hufschläge. Abel nickte Jenny bedeutungsvoll zu: Die Hufe waren beschlagen. Es konnten also keine Apachen sein. Abel stand an der Tür, als ein Dutzend Reiter hügelwärts galoppierte. Sie waren wie Cowboys gekleidet und schwer bewaffnet. Zwei Männer ritten an der Spitze. Der eine war untersetzt, schmallippig und hatte einen zerzausten Spitzbart. Der andere war groß und wirkte gelassen. Er war glatt rasiert, seine wasserblauen Augen bildeten einen seltsamen Gegensatz zu seinem braun gebrannten Gesicht. Er trug ein Lederhemd, Reithosen, einen breiten Schlapphut und mexikanische Stiefel. Zwei Colts vom neuesten Modell hingen in Halftern tief und weit vorn an seinen Oberschenkeln. Er berührte seinen Schlapphut zum Gruß, während die Männer ihre Pferde anhielten.

»Guten Morgen«, sagte Abel. »Sie sind aber zeitig aufgebrochen.«

»Allerdings, wir haben im Hochland kampiert.« Er hatte eine harte, schleppende Stimme. »Ich heiße Frank Crosh und das ist mein Partner, Joe Wilson.« Er zeigte auf den Schmallippigen, der ebenfalls einen Gruß andeutete. »Sie haben eine wasserreiche Quelle hier«, fuhr Crosh fort. »Könnten wir wohl unsere Pferde tränken und uns ein bisschen waschen?«

»Gerne«, sagte Abel.

Crosh gab ein Zeichen. Die Cowboys wendeten ihre Pferde und ritten zur Quelle. Während sie ihre Tiere tränkten, ließen Crosh und Wilson ihre Blicke umherschweifen.
»Ihre Ranch liegt reichlich nahe am Indianergebiet, Mann«, sagte Crosh.
»Mein Name ist Abel Grey. Wir leben mit den Apachen in Frieden.«
Croshs Zähne blitzten. Seine wasserblauen Augen richteten sich auf Jenny, die schüchtern neben ihrem Vater stand.
»Sie haben eine hübsche Tochter. Wie heißt du, Kleine?« Leise, kaum hörbar, sagte Jenny ihren Namen.
Der Schmallippige brach in Lachen aus.
»Sie ist wohl menschenscheu?«
»Geh ins Haus, Jenny«, sagte Abel in beiläufigem Ton. Sie gehorchte und beobachtete die Fremden verstohlen vom Fenster aus. Die Männer waren ihr unheimlich.
»Sie haben ein gutes Gelände gewählt«, sagte Crosh. »Das Land muss einiges wert sein. Schade nur, dass es so nahe am Indianergebiet liegt. Wenn das Fort erst einmal fertiggestellt ist, kann die Lunte das Pulverfass leicht entzünden.«
»Die Lunte glimmt schon lange«, sagte Abel gleichmütig. »Aber man gewöhnt sich an den Pulvergeruch.«
Crosh grinste.
»Nun ja, wenn unsere Konföderierten ein Fort an der heißesten Stelle auf Arizonas Landkarte errichten, dann sollen sie sich nicht wundern, wenn ihnen die Kriegstrommeln in den Ohren dröhnen!«
»Da bin ich ganz Ihrer Meinung«, sagte Abel.
Er wurde aus den Fremden nicht klug. Sie sahen eigentlich nicht wie Revolverhelden aus, aber Männer mit freundlichen Absichten hätten den Hut gezogen und wären abgesessen.
»Haben Sie Major Holland gesehen?«, fragte er, scheinbar beiläufig.
Crosh spitzte die Lippen und spuckte im hohen Bogen in den Staub.

»Wenn der glaubt, das Fort im Ernstfall halten zu können, dann ist das die Zuversicht eines Narren.«
»Wir haben ihm gestern fünfzig Reservepferde für die Ersatztruppen geliefert«, fuhr Wilson fort.
Abels Gaumen wurde trocken. Die Typen waren also Pferdehändler. Er hoffte, dass sie sich die Tiere im Korral nicht näher ansehen würden.
»Wollen Sie nicht zu einem Kaffee ins Haus kommen?«, fragte er.
Crosh zeigte wieder sein schiefes Grinsen.
»Das ist eigentlich keine schlechte Idee. Ich möchte mich mit der kleinen Lady ein wenig unterhalten.«
Er wollte absitzen, hielt aber in seiner Bewegung inne. Sein Blick war auf die Schwarze gerichtet, die neugierig witternd den Hals über den Korralzaun streckte.
»Augenblick mal. Woher haben Sie diese Stute?«
Hinter dem Fenster spürte Jenny ihre Knie weich werden. Sie hielt den Atem an.
»Sie ist schon lange bei uns«, hörte sie ihren Vater ruhig sagen.
»Der Teufel soll mich holen«, rief der Spitzbärtige, »wenn das nicht unsere Molly ist.«
Crosh stieß einen Fluch aus. Er sprang aus dem Sattel und ging mit großen Schritten auf den Korral zu. Die Männer an der Quelle wurden aufmerksam und verfolgten neugierig die Szene.
»Dann ist das womöglich Ihr Pferd«, sagte Abel ausdruckslos.
»Da bin ich ganz sicher, sie war eine unserer schönsten Stuten«, antwortete Wilson, der ebenfalls vom Pferd gestiegen war. »Vor mehr als zwei Jahren riss sie aus. Wir suchten vergeblich nach ihr. He, Molly!«, rief er und Jenny sah voller Schreck, wie die Stute die Ohren bewegte. Die Beine gaben unter ihr nach. Sie musste sich an die Wand lehnen.
»Was haben Sie denn für ein Brandzeichen?«, fragte Abel, immer noch ruhig. Doch Crosh glitt schon zwischen den Korralstangen hindurch und suchte die Stelle an der Hinterhand des Pferdes, wo sich das Brandzeichen befinden musste.

»Was ist denn das?«, rief er zornig. »Das Tier ist ja voller Narben.« Seine blassen Augen richteten sich auf Abel und ließen von ihm nicht ab.
»Nun raus mit der Sprache, Mann. Was haben Sie mit dem Pferd angestellt?«
Mit schwankenden Beinen tastete sich Jenny bis zur Tür. Ihr Herz klopfte gegen die Rippen, dass es wehtat.
Abel hielt Croshs Blick mit eiskalter Ruhe stand. »Wenn Sie glauben, dass ich dem Tier ins Fleisch geschnitten habe, um das Brandzeichen unkenntlich zu machen, dann ist Ihr Gehirn voll Pferdemist.«
Wilson fuhr plötzlich aufgeregt dazwischen.
»Frank, sieh mal den jungen Hengst da an. Ich erinnere mich genau, dass Molly damals trächtig war.«
Der Mann mit dem Schlapphut warf einen Blick auf Flammender Stern und dann sah er wieder Abel an. Seine Worte waren drohend.
»Die Sache sieht nicht gut für Sie aus, Mann. Sie haben die Stute gefangen und mein Brandzeichen entfernt. Als sie ihr Fohlen zur Welt brachte, bedeutete das für Sie ein gutes Geschäft.«
Abel zuckte die Schultern.
»Die Stute kam zu uns an einem Gewitterabend und das Fohlen wurde in der gleichen Nacht geboren. Zwei Tage später ritt ich nach Cedar Creek und suchte vergeblich nach dem Besitzer.«
»Ihre Lüge«, sagte Crosh, »stinkt wie ein Fisch, der sechs Tage in der Sonne liegt!«
»Ich sage die Wahrheit.« Abel sprach sehr langsam und in seinem schmalen Gesicht war keine Gefühlsregung zu erkennen.
»Ich bin überzeugt, dass Sie der Besitzer der Tiere sind. Doch meiner Tochter zuliebe, die sehr an dem jungen Pferd hängt, möchte ich Sie fragen . . .«
Crosh ließ ihn nicht ausreden. Er stürzte aus dem Korral und packte Abel am Hemd.
»Ihre Schuld zu bestreiten, ist sinnlos, Mann. In Ihrer Lage stellt man keine Fragen.«

Abel schaute auf die Hand an seiner Brust und sah dann dem Pferdehändler ins Gesicht.
»Nehmen Sie die Hand weg, Crosh.«
Crosh zeigte seine weißen Zähne.
»Du lausiger Pferdedieb, du.«
Abels Linke fuhr hoch und schlug die Hand an seinem Hemd weg. Dann wich er geschickt Croshs Fausthieb aus und schmetterte ihm die Rechte an die Kinnlade. Croshs Kopf fiel zurück. Er taumelte gegen den Korralzaun. Noch im Fallen zog er den Colt. Jenny sah die Waffe blitzen. Crosh feuerte aus der Hüfte und die Kugel warf Abel zu Boden. Sein Hemd färbte sich rot. Jenny hörte das angstvolle Wiehern der Pferde, das Flattern aufgeschreckter Vögel. Ihr Aufschrei vermischte sich mit dem Echo des Schusses, das von den Hügeln widerhallte. Sie stürzte aus dem Haus und rannte über den Hof. Abel sah sie und versuchte, sich aufzurichten. Crosh schoss ein zweites Mal. Abel fiel zurück in den Sand und rührte sich nicht mehr. Jenny blieb wie versteinert stehen. Der Schuss dröhnte in ihrem Kopf. Sie blickte zu ihrem Vater; sie wusste, dass er tot war. Dann hob sie die Augen und starrte sekundenlang auf Croshs rauchenden Colt. Er würde auch sie töten. Der Hof, der Zaun drehten sich im Kreis. Sie glaubte, ohnmächtig zu werden, doch sie hielt sich auf den Beinen.
Eine unheimliche Stille breitete sich aus. Die Männer rührten sich nicht. Nur das Klirren der Zaumzeuge, das leise Scharren der Hufe und das Rauschen des Wassers waren zu hören. Plötzlich löste sich Crosh aus seiner Erstarrung und fuhr mit dem Handrücken über sein schweißnasses Gesicht. Wilson, der schwer atmend neben ihm stand, deutete auf Jenny.
»Und was hast du mit ihr vor?«
Crosh starrte vor sich hin. Wilson spreizte nervös die Finger.
»Sie hat alles mit angesehen. Es ist besser, du bringst sie zum Schweigen.«
Crosh schüttelte langsam den Kopf. Sein farbloser Blick nagelte Jenny am Boden fest.

»Sie gefällt mir . . .«, sagte er halblaut.
»Frank, mir ist nicht ganz wohl dabei.« Wilson sprach leise und schnell.
»Halt den Mund«, schnitt Crosh ihm das Wort ab. »Wir nehmen sie mit. Wenn sie uns lästig wird, können wir sie unterwegs immer noch loswerden.«
Er steckte den Colt wieder ins Futteral und winkte die Cowboys herbei.
»Treibt die Pferde zusammen und steckt das Haus in Brand.« Zu Wilson gewandt, fügte er mit dreckigem Grinsen hinzu: »So schnell kommt schon keiner in diese gottverlassene Gegend. Und wenn, dann wird man natürlich die Apachen verdächtigen.«
Jenny stand da wie gelähmt. Wie in einem Albtraum sah sie die Männer ins Haus eindringen, sah durch die offene Tür, wie sie die Kohlenglut verstreuten. Funken sprühten auf. Die züngelnden Flammen griffen rasend schnell um sich, während die Männer alle Gegenstände, die sie brauchen konnten, aus dem Haus schafften. Der Qualm verbreitete sich wie blauer, dichter Nebel. Ein herber Duft stieg auf. Jetzt erleuchtete ein roter Schein das Haus, die Scheiben zerbarsten mit feinem, hellem Klirren. Das Feuer schwang sich durch die Fensterhöhlen und trug Rauch und Funken in den Himmel empor.
Das erschreckte Wiehern der Pferde riss Jenny aus ihrer Erstarrung. Schlagartig kehrte ihr Bewusstsein zurück. Ihr Vater war tot, sie konnte ihm nicht mehr helfen. Ihr Haus war geplündert und zerstört. Und sie selbst . . .
Jennys Augen hasteten umher. Im Augenblick achtete niemand auf sie. Crosh und Wilson schrien ihre Befehle und die Männer brachten ihre Beute in Sicherheit. Die verängstigten Pferde drängten sich an die Stallwand. Flammender Stern lief mit wild rollenden Augen im Kreis herum. Jenny erkannte blitzschnell ihre Chance. In drei Sätzen schnitt sie dem Hengst den Weg ab. Ihre Hand griff in die dichte Mähne auf seinem Rücken. Ihre Knie gruben sich in die bebenden Flanken. Das

Pferd schnaubte; wie beflügelt von übernatürlichen Kräften, stieß es sich vom Boden ab und setzte zu einem gewaltigen Sprung über den Korralzaun an. Es hatte seinen Schwung etwas zu kurz bemessen, denn einer der Hufe schlug gegen das Holz. Aber das Hindernis war überwunden. Ein harter Aufprall: Der Hengst hatte wieder Boden unter den Hufen. Jenny schmiegte sich an das Pferd, schlang beide Arme um seinen Hals. Flüche und Schreie ertönten hinter ihr. Ein Schuss krachte, dann noch einer. Sie hörte die Kugeln pfeifen und duckte sich noch tiefer. Flammender Stern erklomm die Böschung und sprengte den Hügelkamm hinauf. Die Erde dröhnte unter den trommelnden Hufen. Auf der anderen Seite war ein schräg abfallender Sandhang, den das Tier mit langen Sätzen hinunterstürmte. Als Jenny den Kopf wandte, sah sie, dass einige Reiter die Verfolgung aufgenommen hatten. Crosh führte die Gruppe an. Jenny erkannte ihn an seinem Schlapphut. Ihr Herz klopfte zum Zerspringen. Sie wusste, wenn er sie einholte, würde das für sie den Tod bedeuten. Wieder krachten Schüsse. Jenny riss ihr Pferd von einer Seite zur anderen, um den Kugeln zu entgehen. Sie versuchte zu überlegen. Sie ritt an einer senkrechten Felswand vorbei und wusste, dass vor ihr die Schlucht einen Bogen machte und in eine Ebene mündete, auf der ihre Verfolger sie mühelos ausmachen und einholen konnten. Kurz entschlossen lenkte sie ihr Pferd mitten in ein Geröllfeld. Flammender Stern erklomm den steinigen Hang. Hinter einem Felsbrocken sprang Jenny ab und führte den Hengst in den Schatten. Ihre zitternden Hände strichen über das schweißnasse Fell.

»Still«, flüsterte sie. »Rühr dich nicht . . . sonst sind wir verloren.« Das Trommeln der Hufe kam rasch näher. Sie packte die Nüstern des Pferdes und presste sie zusammen. In rasendem Galopp jagten die Verfolger an ihnen vorbei. Jenny wartete einige Atemzüge lang. Als das Geräusch der Hufe sich entfernte, schwang sie sich auf den Rücken des Hengstes und ritt in entgegengesetzter Richtung davon.

Ihr Vorteil war, dass sie sich in der Gegend gut auskannte. Der Wildbach war ganz in der Nähe; in der Trockenzeit führte er nicht viel Wasser. Dort, wo ein Birkenwäldchen das abschüssige Ufer bedeckte, zügelte sie Flammender Stern, lauschte und beobachtete das Gelände. Das Hufgeklapper war verklungen, aber ihr Instinkt sagte ihr, dass sie ihre Verfolger noch nicht los war. Sobald sie merkten, dass Jenny sie hinters Licht geführt hatte, würden sie umkehren und die Gegend absuchen. Sie ließ ihr Pferd im Schritt gehen und ritt schräg den Hang hinunter. Am Bachufer wechselte sie die Richtung und kurz darauf lenkte sie den Hengst in das Bachbett. Mit leisem Plätschern schritt Flammender Stern durch das seichte Wasser. Jenny lenkte ihn flussabwärts auf den Steinen am Ufer weiter bis zu einem Höhenrücken, dem sie dicht unter dem Kamm folgte. Obgleich sie sich jetzt sicher war, dass ihre Verfolger ihre Fährte nicht finden konnten, trieb die Furcht sie immer weiter voran. Der Hengst bewegte sich in ruhigem, gleichmäßigem Schritt. Jenny ließ sich willenlos tragen. Die Tränen trübten ihre Sicht und liefen ihr über die Wangen. Ihr war, als löste sich ein Teil ihres Selbst und schwebte hinweg in unerreichbare Ferne.

Die Sonne stieg; die Luft wurde heiß und schwer. Jenny hielt das Pferd im Schatten der Bäume an. Im Unterholz war der Boden sandig und kühl. Sie kauerte sich nieder und schluchzte hilflos vor sich hin.

Plötzlich streifte warmer Atem ihr Haar. Sie hob ihr tränennasses Gesicht. Flammender Stern hatte seinen Kopf gesenkt und ihn zärtlich an ihre Schulter gelegt. Die braunen Pupillen glänzten sanft, die warmen Nüstern waren samtweich. Er spürte ihren Kummer und wollte sie trösten. Da warf sie beide Arme um den Hals des Hengstes, schmiegte sich an das raue Fell und weinte, bis ihr die Augen vor Müdigkeit zufielen und sie in einen tiefen, bleiernen Schlaf fiel.

8. Kapitel

Als Jenny plötzlich erwachte, lag der Wald schon im Schatten, während die Felsen noch in der Sonne leuchteten. Der Himmel funkelte wie Smaragd. Einige Atemzüge lang wusste Jenny weder was mit ihr geschehen war, noch wo sie sich befand. Auf einmal fiel ihr alles wieder ein. Ihr Vater war tot. Sie würde nie wieder sein leises Lachen, seine ruhige Stimme hören. Sie erinnerte sich, wie er Flammender Stern zugeritten hatte, die Felder und den Garten besorgte; wie er ihr morgens geholfen hatte, die Haare zu flechten. Jennys Lider waren geschwollen und brannten. Sie wusste nicht, wie sie mit ihrem Schmerz fertigwerden sollte.

Nach einer Weile richtete sie sich auf. Sie hatte einen Entschluss gefasst: Zuallererst musste sie zur Ranch zurückreiten und ihren Vater beerdigen. Es war kaum anzunehmen, dass sich Crosh und seine Bande dort noch aufhielten; aber vielleicht war jemand zurückgeblieben, um ihr aufzulauern? Jenny schüttelte den Kopf. Koste es, was es wolle, sie musste das Wagnis eingehen. Flammender Stern graste friedlich. Sie lockte das Pferd heran, stieg auf und machte sich auf den Weg, wobei sie darauf achtete, möglichst in Deckung zu bleiben.

Als sie in die Nähe der Ranch kam, sank die Sonne glutrot. Die langen Schatten gaben den Steinen gespenstische Formen. Fledermäuse huschten über die Sandhügel. Vom Hügelkamm aus konnte Jenny die Ranch überblicken. Sie ließ sich vom Pferd gleiten und duckte sich hinter einen Felsblock, um Ausschau zu halten. Bläulicher Qualm lag im Tal. Jennys Herz zog sich vor Schmerz zusammen: Dort, wo ihr Haus gestanden hatte, war nur noch ein rauchender Trümmerhaufen. Kleine Flämmchen flackerten über die verkohlten Stämme, die einst das Dach getragen hatten. Jennys Augen schweiften zum Korral hinüber:

Abel lag noch an der gleichen Stelle. Jenny presste die Lippen zusammen, um ihr Schluchzen zu unterdrücken. Der Ort wirkte völlig verlassen. Crosh und seine Leute hatten die Pferde mitgenommen und die Schafe vertrieben.
Als Jenny sicher war, dass niemand ihr auflauerte, ging sie wieder zu ihrem Pferd, stieg auf und ritt talabwärts. Hustend, mit brennenden Augen, lenkte sie den Hengst durch die Rauchschwaden. Beim Korralzaun ließ sie sich vom Pferd gleiten und kniete neben ihrem Vater nieder. Abels Augen waren nur halb geschlossen und sie sah unter den Lidern den glasigen Schleier, der die Pupillen überzog. Sein Hemd war rot von getrocknetem Blut. Zitternd fuhr Jenny mit der Hand über Abels Gesicht und schloss seine Augen. Eine Weile kniete sie neben ihm, den Kopf auf die Brust gesenkt, die Hände im Schoß gefaltet. Es war so still, dass sie sich selber atmen hörte. Als sie aufstand, war die Sonne untergegangen und die Nacht brach herein. Jenny holte eine Schaufel aus dem Schuppen, ging zu der Stelle, wo sich das Grab ihrer Mutter befand, und machte sich an die Arbeit.
Es wurde stockdunkel. Die Sterne am Himmel funkelten wie glühende Kohlen. Jenny taumelte vor Erschöpfung; bleierne Müdigkeit lähmte ihre Arm- und Rückenmuskeln und an ihren Handflächen bildeten sich dicke Blasen. Nachdem sie das Grab geschaufelt hatte, legte sie Flammender Stern Zaumzeug, Zügel und Sattel an, die sie aus dem Stall geholt hatte. Sie befestigte ein Lasso am Sattelknopf; das andere Ende ließ sie unter Abels Schultern gleiten und knotete es über der Brust. Sie führte den Hengst am Zügel. Flammender Stern ging Schritt für Schritt und schleifte den leblosen Körper hinter sich her. Am Rande der Grube löste Jenny die Schlinge und ließ Abel so behutsam wie möglich hinuntersinken. Eine Weile kniete sie nieder. Dicke, heiße Tränen liefen ihr über die Wangen. Jetzt ruhten ihre Eltern für immer beisammen. Sie faltete die Hände und betete. Das Gebet gab ihr neue Kraft. Sie begann, das Grab zuzuschaufeln. Als sie fertig war, suchte sie einige Steine und häufte sie über die lo-

ckere Erde. Sie brach zwei Äste ab, band sie zu einem Kreuz zusammen und steckte sie in das frische Grab. Dann saß sie erschöpft in der Dunkelheit. Sie hörte das Wasser gurgeln. Das vertraute Geräusch wirkte beruhigend: Sie legte sich hin, schloss die Augen und schlief ein.

Als sie erwachte, schimmerte der erste Schein der Dämmerung hinter den Hügeln und die Stimmen der Vögel ertönten im Gebüsch. Jenny richtete sich auf und bewegte Arme und Beine, um ihre erstarrten Muskeln zu lockern. Feuchte Erde klebte an ihrem Kleid. Sie ging zum Bach hinunter und wusch sich. Die Morgenluft war erfrischend. Jenny sah zu den verblassenden Sternen hinauf. Ihr Entschluss war gefasst: Sie würde Major Holland in Cedar Creek aufsuchen und Crosh und seine Bande anzeigen. Abels Mörder sollten nicht ungestraft davonkommen.

9. Kapitel

Der Himmel leuchtete rot, als Jenny sich auf den Weg machte. Sie hatte eine Pferdedecke und eine mit Wasser gefüllte Feldflasche bei sich; beides war aus dem Stall. Im niedergebrannten Vorratsraum hatte sie noch ein kleines Fass Pökelfleisch gefunden und im Garten hatte sie einige Tomaten gepflückt.
Der Pfad folgte der Biegung des Wildbaches. Der Himmel färbte sich rosa; die Helligkeit nahm ständig zu und auf einmal tauchte die Sonne die Felsen in schimmerndes Licht. Jenny ritt schnell, den Blick hatte sie in die Ferne gerichtet, wo Wolken wie Baumwollflocken am Himmel dahintrieben.
Die Zeit verging. Nichts war zu hören außer dem Aufschlag der Hufe auf den Steinen und dem schwachen Quietschen des Sattelleders. Bald schienen die Strahlen golden und warm, dann wurde das Licht grell und hart. Jenny kannte die Wüste und ihre Tücken, aber sie war zu sehr in ihren Kummer vertieft, um in den flirrenden Luftbewegungen eine Veränderung wahrzunehmen. Erst als ein heißer Wind Sandfahnen hochwirbelte, blickte sie mit gespannter Aufmerksamkeit umher.
Jenny hatte früh gelernt, dass Menschen in der Wildnis nur durch ständige Wachsamkeit überleben können. Sie merkte, wie Flammender Stern unruhig die Ohren spielen ließ; große Schweißflocken zeichneten sich auf seinem Fell ab. Der Wind nahm ständig zu. Die Sonne schien den Staub in feurige Asche zu verwandeln. Jenny erbebte. Die Zeichen waren eindeutig: Ein Sandsturm kam auf. Sie überlegte fieberhaft. Was tun? Zum Umkehren blieb ihr keine Zeit. Bald schon wehte der Wind in doppelter Stärke. Jenny beschloss, einen Unterschlupf in den Felsen zu suchen. Der Sturm peitschte ihr Sandkörner ins Gesicht, ihre Augen tränten. Sie band sich ein Taschentuch vor den Mund und lenkte Flammender Stern auf die nahen Felsen zu.

Die Sonne trieb wie eine riesige weiße Kugel am verdunkelten Himmel. Der Flugsand nahm Jenny jede Sicht, alle Umrisse verblassten. Flammender Stern atmete schnaufend, sein Gang war schwerfällig. Endlich wurden die Felsen im Dunst sichtbar. Jennys Kleid, ihre Haut waren überpudert mit Sand. Staub knirschte zwischen ihren Zähnen, der Schweiß rann ihr klebrig über den Rücken. Sie fand einen Spalt in der Felswand, groß genug, um das Pferd durchzulassen. Sie stieg ab und führte Flammender Stern in den Unterschlupf. Hier waren sie vor dem Sturm geschützt. Jennys Kehle brannte. Sie riss sich das Taschentuch vom Mund, schraubte ihre Feldflasche auf und nahm einen Schluck von dem lauwarmen Wasser. Dann kauerte sie sich mit dem Rücken an die warmen Steine, legte den Kopf auf die Knie und schloss die Augen. Regungslos saß sie da, während ihr der Flugsand in den Nacken und zwischen die Schulterblätter rieselte.

Sie hatte Glück: Gegen Abend legte sich der Sturm. Unmerklich senkte sich wieder Schweigen über die Wüste. Jenny richtete sich auf, schüttelte den Sand aus Haar und Kleidern. In der Luft schwebende Staubteilchen filterten die schrägen Sonnenstrahlen. Flammender Stern schnaubte leise: Sein schweiß- und sandverklebtes Fell hatte eine kupferne Tönung angenommen. »Du hast sicher Durst«, murmelte Jenny.

Sie wusste nicht, wo sie sich befand, aber Pferde verfügen über einen sicheren Instinkt, um Wasser zu finden. So stieg sie in den Sattel und ließ die Zügel locker. Das kluge Tier schien zu ahnen, was Jenny von ihm erwartete. Es hob den Kopf und witterte. Einen Augenblick wiegte der Hengst seinen Körper unschlüssig vor- und rückwärts, dann setzte er sich in Bewegung und schnupperte immer wieder mit den Nüstern. Noch einmal blieb er stehen, wieherte leise und trabte zielsicher auf einige Sandsteinsäulen zu, die in fremdartig-wilder Form aus der Ebene ragten. Das Tier suchte seinen Weg durchs Geröll und trottete ohne zu zögern auf eine Mulde zu, die Sickerwasser enthielt. Das stehende Wasser war trübe vom Sand, aber frisch. Jenny sprang aus dem Sattel. Sie kniete nieder und trank in langen Zügen neben ihrem Pferd. Als sie ihren Durst gelöscht hatte, nahm sie dem Hengst den Sattel ab. Der Ort war friedlich und windgeschützt: Hier wollte sie die Nacht verbringen.

Auf einmal hob Flammender Stern ruckartig den Kopf. Seine Nüstern blähten sich. Ein Beben durchlief seinen Körper. Jenny sah das Weiße seiner Augen schimmern. Sie blickte verstört nach allen Seiten: Etwas hatte den Hengst erschreckt. Ein wildes Tier vielleicht? Der Wind trug ihr einen eigenartigen, aromatischen Geruch zu, den Jenny nicht zu deuten wusste. Vorsichtig ging sie dem Geruch nach – und kam zu einer Feuerstelle. Die Asche war schon kalt, aber jemand musste vor nicht allzu langer Zeit hier gewesen sein. Jennys Atem stockte. Wegreiten war ihr einziger Gedanke. Sie packte die Zügel des Hengstes, doch als sie sich auf seinen Rücken schwingen wollte, erstarrte sie: Obgleich sie nichts sah oder hörte, fühlte sie, dass unsichtbare Augen sie beobachteten.

10. Kapitel

Chuka saß unbeweglich in der Grotte. Er hatte seit drei Tagen und Nächten weder Wasser noch Nahrung zu sich genommen. Seine Mutter Nita hatte ihn genau unterwiesen und Chuka erinnerte sich an ihre Worte: »Du kannst deine Vision nur dann erleben, wenn du auf Essen und Trinken verzichtest und alle Sinne den Geistern zuwendest. Werde nicht ungeduldig, wenn sich dein Traum hinauszögert. Du musst deinen Körper schwächen, um deinen Geist zu stärken. Bestehst du die Prüfung, wird dir dein Schutzgeist erscheinen.«
Chuka wusste wie jedes Apachenkind, dass er ohne Schutzgeist nicht im Kreis der Erwachsenen aufgenommen werden konnte. Er konnte auch nicht ins Lager zurückkehren, ohne seine Vision erlebt zu haben. Nita hatte ihn schon lange auf diese Prüfung vorbereitet. Er hatte gelernt, auf Nahrung zu verzichten, zu wachen und seinen Körper abzuhärten. Nita hatte auch den Tag bestimmt, an dem die Prüfung beginnen sollte. Als Medizinfrau vermochte sie die Sprache der Erde, der Pflanzen und der Gestirne zu deuten. »Du musst leiden, weil ich dich liebe«, hatte sie ihm an jenem Morgen gesagt. »Es gibt keinen anderen Weg. Geh!« Sie hatte ihm mit gelber Pflanzenfarbe ein wellenförmiges Motiv auf Stirn und Wange gezeichnet: Die Zeichen stellten die Schlange, Sinnbild des Lebens, dar. Dann, bei Sonnenaufgang, hatte er – nackt bis auf einen Lendenschurz – ohne Waffe, ohne Wasser und ohne Proviant das Lager verlassen. Nita hatte geweint und geklagt, wie es der Brauch verlangte. Der Halbwüchsige galt von jetzt an als gestorben. Seine Rückkehr wurde einer Wiedergeburt gleichgesetzt.
Chuka war hinaus in die Wüste gewandert, bis er einen Ort erreichte, wo er Sickerwasser im Boden fand. Dort zündete er ein Feuer an und streute ein Pulver hinein, das Nita ihm mitgege-

ben hatte. Es war aus besonderen, zerriebenen Wurzeln hergestellt und der Geruch machte ihn schwindlig. Dann suchte er dornige Zweige und strich damit über seinen Körper, bis er überall blutete. Er wiederholte das unzählige Male, drei Tage und drei Nächte lang, und besprengte sich immer wieder mit Wasser. Als der Sandsturm losbrach, suchte er Schutz in einer Höhle und betete zu den Geistern:

»Ich bin waffenlos, ich bin arm und nackt. Habt Erbarmen mit mir. Schenkt mir einen Traum. Lasst mich meinem Schutzgeist begegnen.« Er hörte den Wind heulen: Alles war in gelben Dunst gehüllt. Er spürte kaum das Brennen seiner Wunden: Die Müdigkeit, die Schwäche machten ihn unempfindlich gegen Schmerzen, Hunger oder Durst. Seine Haut war trocken und gespannt, das Fieber pochte in seinen Schläfen. Der Sturm schien in seinem eigenen Kopf zu brausen. Seine Kehle war ausgedörrt, aber er rührte sich nicht. Er war in dieser Welt und zugleich entrückt. Stunden vergingen, doch er verharrte in seiner Erstarrung. Nach und nach spürte er, wie der Wind nachließ. Der Dunst hing wie ein glühender Vorhang vor der Grotte. Chuka blinzelte durch die geschwollenen Lider. Das sandverklebte Haar fiel ihm ins Gesicht. Plötzlich drang wie aus weiter Ferne ein Geräusch in sein Bewusstsein. Chuka fuhr mit der Zunge über die aufgesprungenen Lippen und lauschte, aber er hörte nur das Pochen seines eigenen Herzens. Da – schon wieder das Geräusch. Es klang, als ob ein Kiesel den Hang hinabrollte. Chuka starrte auf die Höhlenöffnung. Sein langes Haar, seine brennenden Augen und das Flimmern der Dunstschleier ließen ihn alles verschwommen sehen. Auf einmal kam Wind auf: Die Sandschwaden teilten sich und eine Gestalt löste sich aus dem flackernden Licht. Erschüttert und ungläubig sah Chuka ein Pferd am Wasserloch stehen. Das Tier war nicht gedrungen wie die meisten Mustangs, sondern hochgewachsen, mit einer so breiten Brust, so schmalen und doch kräftigen Beinen, dass es an Schönheit und Stärke alle Pferde übertraf, die Chuka jemals gesehen hatte. Sein Fell war nachtschwarz, aber die

Sandschicht, die seine Flanken bedeckte, schimmerte wie Gold. Der Wind spielte in seiner prächtigen Mähne und sein Schweif berührte den Boden. Chuka meinte, sein Herz müsse stillstehen. Die Geister hatten ihm dieses Pferd geschickt. Er nahm seine ganze Kraft zusammen und richtete sich auf. Er kam auf die Beine, schlug hin, stand wieder auf. Atemlos, benommen, tastete er sich zum Ausgang der Höhle und blinzelte ins grelle Licht. Das Pferd hatte ihn bemerkt. Sein ungeduldiges Stampfen, das leise Knurren, das aus seiner Kehle drang, ließen Chuka erkennen, dass es ein Pferd aus Fleisch und Blut war: Es lebte.
Plötzlich wich das Tier zur Seite. Da sah er neben dem Pferd ein Mädchen stehen, nicht älter als er selbst. Sie trug ein weißes, blutverschmiertes Kleid. Ihr Haar war goldbraun wie Honig. Sie hatte mandelförmige Augen, die erschrocken zurückstarrten. Einige Atemzüge lang rührte sie sich nicht. Plötzlich löste sie sich aus ihrer Erstarrung: Sie legte die Hand auf den Rücken des Pferdes und wollte aufsitzen. Chuka streckte den Arm aus.
»Warte!«
Die heftige Bewegung nahm ihm das Gleichgewicht. Er taumelte, fiel der Länge nach hin. Seine Stirn schlug gegen eine Steinkante. Rot glühende Helle zerbarst in seinem Kopf. Er verlor das Bewusstsein.

11. Kapitel

Brennendes weißes Licht traf schmerzhaft Chukas Lider. Er drehte den Kopf zur Seite. Ein Schatten schob sich vor die glühende Helle. Etwas Kaltes, Feuchtes benetzte seine Stirn. Er schlug die Augen auf und blinzelte geblendet. Der undeutliche Umriss formte sich zu einem Gesicht, das Chuka schon irgendwo gesehen hatte. Mit einem Mal kehrte sein Bewusstsein zurück und er erkannte das Mädchen neben dem schwarzen Pferd wieder. Sie war also kein Traum gewesen.

»Wer . . . wer bist du?«, stammelte er.

Noch mehr staunte er, als sie ihm in der Sprache der Apachen antwortete. Sie drückte sich zwar etwas unbeholfen aus, aber er verstand sie.

»Ich heiße Jenny.«

Er starrte sie an.

»Bist du die Herrin des Geisterpferdes?«

Sie schüttelte überrascht den Kopf.

»Mein Hengst ist kein Geisterpferd. Da vorne ist er. Sein Name ist Flammender Stern.«

»Flammender Stern«, flüsterte Chuka.

Mühsam richtete er sich auf und sah das Pferd friedlich grasen. Sein Schweif schlug gegen seine Fesseln, während es gemächlich um das Wasserloch streifte.

»Da, trink«, sagte Jenny.

Sie setzte ihm eine Feldflasche an die Lippen. Chuka trank in hastigen Zügen. Langsam fühlte er sich besser. Das Mädchen schraubte die Feldflasche zu und ließ sich auf ihre Fersen zurücksinken. Ihre braunen Augen, um die dunkle Schatten lagen, wichen nicht von seinem Gesicht. Schließlich deutete sie auf seine Wunden.

»Was ist denn mit dir passiert?«

Chuka zögerte, doch dann erwiderte er stolz: »Die habe ich mir selbst mit Dornen zugefügt. Und ich wachte drei Nächte lang, um meinem Schutzgeist zu begegnen.«
Abel hatte Jenny von den Unterweisungsriten der Indianer erzählt. So nickte sie verständnisvoll, während sie ihn weiterhin betrachtete. In seinen tiefschwarzen Augen lag etwas Heiteres. Trotz der Staub- und Schweißkruste, die seine Haut überzog, gewahrte sie die Ruhe, die sein Gesicht mit den breiten Backenknochen und der feinen geraden Nase ausstrahlte.
»Und? . . .«, fragte sie. »Hast du deinen Schutzgeist gefunden?«
Er wies auf Flammender Stern.
»Ich sah im Rauch der Träume dieses schwarze Pferd. Nun ist sein Geist in mir und gibt mir Mut und Kraft. Ich habe die Prüfung bestanden«, setzte er freudig hinzu. »Flammender Stern ist mein Totem.«
Jenny senkte die Stirn. Als sie den Kopf wieder hob, sah er Tränen in ihren Augen glitzern.
»Mein Vater musste seinetwegen sterben.«
Er blickte sie an und wartete auf eine Erklärung.
Stockend erzählte sie ihm, was sich zugetragen hatte. Jetzt endlich wusste Chuka, warum sie seine Sprache verstand. Auch der Name »Kleiner Biber« war ihm nicht fremd: Die Erwachsenen erzählten manchmal von dem weißen Jungen, der in ihrem Lager gelebt hatte, lange bevor er, Chuka, zur Welt kam.
Als Jenny schwieg, sagte er leise:
»Dein Vater ist nur scheinbar gestorben. Er schläft friedlich im Schoß unserer Mutter Erde. Er ist bei dir in jedem Baum, jedem Tier, im Flüstern des Windes und im Murmeln der Quellen.«
Jenny wischte sich die Tränen aus den Augen und Chuka lächelte sie an. »Du musst nicht traurig sein. Sei fröhlich, genauso fröhlich, wie du es warst, als er noch lebte. Versuche, immer glücklich zu sein, um ihm eine Freude zu machen.«
Jenny erwiderte scheu sein Lächeln. Chukas Worte befremdeten sie nicht. Er sprach das aus, was sie schon immer unbewusst

gefühlt hatte. Doch als Chuka sie fragte, was sie jetzt tun wolle, gefror ihr Lächeln. Ihre Augen blitzten zornig auf.
»Ich reite nach Cedar Creek. Der Mörder meines Vaters soll bestraft werden.«
Chuka dachte nach. Das Mädchen war mutig. Aber die weißen Männer bauten ein Fort und die Apachen bereiteten den Krieg vor. Die Wüste barg tausend Gefahren: Es war nicht gut, dass sie allein durch die Wildnis ritt.
So sagte er: »Dein Vater lebte einst bei uns. Du sprichst unsere Sprache. Komm mit mir. Lass dich vorher von meiner Mutter beraten. Ihr Herz spricht eine klare Sprache und sie wird dir den richtigen Weg weisen.«
Sie wich erschrocken zurück.
»Das kann ich nicht«, flüsterte sie.
»Warum nicht?«
Sie holte gepresst Atem.
»Lupe, euer Häuptling, will Flammender Stern um jeden Preis für sich. Er bot meinem Vater den Türkis seines Stirnbandes an. Mein Vater gab ihm den Hengst nicht und Lupe schwor, sich zu rächen.«
Chuka erstarrte. Ein Mann, der den Stein seiner Ahnen missachtete, war nicht würdig, die Apachen zu führen! Doch Lupe führte die Stämme gegen die Weißen an; man fürchtete ihn. Viele ältere Häuptlinge waren gegen ihn: Sie hatten jahrelang gekämpft und dabei zusehen müssen, wie ihr Volk langsam zugrunde ging. So sprachen sie im Rat: »Wenn wir im Schoß der Mutter Erde ruhen, erlischt unsere Stimme für ewig. Wer soll unsere Kinder und Kindeskinder die Sprache des Wassers und des Windes lehren und das, was sich in ihr verbirgt?« Aber Lupe hörte nicht auf die Worte der Weisen. Er stimmte für den Krieg und die jungen Männer folgten ihm. Sie wollten viele Feinde umbringen und Skalps erbeuten, um damit vor den Frauen an den Lagerfeuern zu prahlen.
Doch Chuka behielt seine Gedanken für sich: Er wollte Jenny nicht noch mehr beunruhigen. Stattdessen sagte er:

»Wenn ein Apachenmädchen ins heiratsfähige Alter kommt, veranstalten ihre Eltern für sie den Sonnentanz. Vier Tage lang wird sie als Gottheit verehrt und erhält so eine starke Zauberkraft: Sie kann in dieser Zeit Wunden heilen und Kranke gesund machen. Auch für meine Mutter Nita fand mit dreizehn Jahren der Sonnentanz statt. Doch als die vier Tage verstrichen waren, blieb ihr die Heilkraft. Da errichteten ihr die Männer einen großen *Wickiup* mitten im Dorf. Sie besuchte die verschiedensten Stämme und übte überall ihre Heilkraft aus. Als Medizinfrau, die mit den Geistern Zwiesprache hält, gilt ihr Wort mehr als das des Häuptlings. Sie wird dich vor Lupe schützen.«

Jenny zögerte noch immer.

»Aber was geschieht, wenn Lupe das Pferd trotzdem für sich beansprucht?«

Da stand Chuka auf. Er warf das Haar zurück und antwortete stolz: »Lupe wird es nicht wagen, Flammender Stern anzurühren, denn er wurde mir als Totem gesandt.«

Er humpelte mühsam auf den Hengst zu. Flammender Stern hob wachsam den Kopf. Er streckte seinen Hals und sog tief die Luft ein. Chuka näherte sich langsam. Flammender Stern ließ die Ohren spielen und drehte ein wenig den Hals. Sein Kopf war jetzt mit Chukas Kopf auf gleicher Höhe. Behutsam hob Chuka den Arm und legte die Hand auf seine Stirn. Der Hengst senkte den Kopf noch tiefer. Seine Nüstern weiteten sich, während er Chuka beschnupperte. Chuka lächelte Jenny zu.

»Siehst du? Er erkennt mich. Wir sind jetzt Brüder.«

»Dann begleite mich, um den Mörder meines Vaters zu suchen.«

Chuka nickte.

»Das werde ich. Gleiches muss mit Gleichem vergolten werden: Wer Wind sät, erntet den Sturm.«

Jenny lächelte zurück; und obgleich sie den Sinn seiner Worte nicht verstand, fühlte sie sich getröstet.

12. Kapitel

Der Sandsturm war vorüber, der Hitzedunst hatte sich aufgelöst. Der Himmel war blank und durchsichtig, als sie gegen Abend das Indianerdorf erreichten. Jenny hatte Chuka die Zügel überlassen und saß hinter ihm im Sattel. Er lenkte Flammender Stern in eine Schlucht, die ein Wildbach wie ein schimmerndes Silberband durchzog. Plötzlich teilten sich die Felswände: Eine mit Büschen bewachsene Ebene wurde sichtbar. Die niedrigen Hütten aus Fellen und Buschwerk, in denen die Apachen lebten, standen im weiten Umkreis verteilt bis an einen Waldrand. Pferde grasten, Kinder spielten. Frauen mit langen, fransen- und perlengeschmückten Kleidern kamen und gingen. Überall brannten Feuer. Die Gerüche nach Holzkohle, Tang und Leder kamen Jenny eigenartig vertraut vor. Als sie den Bach überquerten, unterbrachen die Frauen ihre Arbeit. Die Kinder näherten sich schreiend und winkend und die Männer kamen mit gemessenen Schritten heran. Die breitwangigen Gesichter der Indianer waren ruhig und ausdruckslos, aber Jenny sah das Erstaunen in ihren Augen. Dann erblickte sie einen Mann, der etwas abseits stand, und ihr Herz begann wild zu klopfen. Lupe trug Lederhosen und ein Mieder, das mit Stachelschweinnadeln verziert war. An beiden Handgelenken trug er schwere, silberbeschlagene Armreifen. An seinem Stirnband funkelte der Türkis, das Zeichen seiner Häuptlingswürde. In der Hand hielt er eine Peitsche.

Er trat langsam näher; dicht vor dem Hengst blieb er stehen und schnalzte höhnisch mit der Zunge.

»Sieh an«, sprach er. »Chuka zog aus, um seinen Schutzgeist zu finden, und er kommt mit einem schwarzen Pferd und einem weißen Mädchen ins Lager zurück. Sein Schutzgeist muss sehr mächtig sein, dass er ihm diese Gunst gewährte.«

Jenny fühlte, wie Chukas Atem schneller ging. Doch er antwortete höflich und ruhig:
»Ich bestand die Prüfung. Die Geister schickten mir im Traum dieses Pferd. Aber das weiße Mädchen kam freiwillig mit mir.«
Lupe ließ die Peitschenschnur mit leisem Auflachen durch seine Finger gleiten.
»Das Mädchen ist mir nicht unbekannt. Sie ist die Tochter von ›Kleiner Biber‹, der einst in unserem Stamm lebte und sich jetzt zu unseren Feinden bekennt.«
»›Kleiner Biber‹ ist tot«, sagte Chuka. »Die Weißen haben ihn ermordet.«
Ein Raunen ging durch die Menge. Jenny sah, wie ein seltsames Lächeln die Lippen des Häuptlings umspielte.
»Erzähl uns, wie das geschah!«
Während Chuka sprach, drängten sich immer mehr Menschen in stummer Neugierde heran. Nur das Scharren der Füße, ein gelegentliches Flüstern oder Räuspern waren zu hören, bis Lupe in schallendes Gelächter ausbrach.
»Hätte ›Kleiner Biber‹, dieser Narr, meine sieben Mustangs zum Tausch angenommen, dann wäre er jetzt noch am Leben!«
Sein Lachen erlosch; sein Blick wurde kalt und berechnend. Jenny war es, als glitte eine scharfe Messerklinge über sie hinweg.
»Steig ab«, befahl er. »Dein Vater ist mir das Tier schuldig.«
Die Furcht schnürte Jenny die Kehle zu. Aber während sie noch vergeblich nach Worten suchte, antwortete Chuka deutlich und ruhig:
»Dieses Pferd, Häuptling, kann dir nicht gehören. Die Geister, die es mir als Totem sandten, würden es nicht zulassen.«
Jetzt wurde die Stille noch tiefer. Männer und Frauen hielten den Atem an. Etwas Unvorstellbares war geschehen: Ein Kind hatte es gewagt, dem Häuptling zu trotzen. Jenny sah an Lupes Stirn die Ader anschwellen. Sein Gesicht lief dunkelrot an. Plötzlich sprang er vor. Er riss Chuka brutal vom Pferd, schleuderte ihn zu Boden und hob die Peitsche. Während Jenny entsetzt den stampfenden Hengst beruhigte, ließ Lupe mit

aller Gewalt die starke Schnur auf Chukas Rücken niedersausen. Chuka fiel mit dem Gesicht in den Staub. Dreimal schlug Lupe zu; bei jedem Hieb stöhnte Chuka auf. Die Indianer standen wie erstarrt. Wenn ein anderer unter ihnen seine Selbstbeherrschung derart verloren hätte, wäre er der Verachtung des ganzen Stammes ausgesetzt gewesen. Doch Lupe war der Häuptling. Niemand wagte, sich zu rühren, geschweige denn einzugreifen.
Da brach eine tiefe, klangvolle Stimme die Stille. »Ein Kind, dem die Geister begegneten, sollte mit Ehrfurcht und Jubel empfangen werden. Weshalb missachtest du die Riten?«
Die Frau, die so gesprochen hatte, trat langsam näher. Sie ging mit leisen, katzenhaften Schritten, wie es Menschen eigen ist, die mit jeder Fußberührung die Erde wahrnehmen. Jenny wusste sofort, dass es Nita, Chukas Mutter, war. Sie war groß für eine Apachenfrau. Sie trug ein hirschledernes Gewand, mit Fransen und Korallen bestickt. Ihre Augen waren schmal und dunkel, die Nase flach, aber wohlgeformt, die Lippen voll. Ihre Haut hatte die Farbe dunklen Goldes. Die langen Haare wehten bis auf die Hüften. Eine Muschel war an einer Strähne auf ihrer hohen, glatten Stirn befestigt. Sie schritt auf Lupe zu und streckte die Hand aus. Wie aus einem inneren Zwang heraus überließ er ihr die Peitsche, die Nita achtlos zu Boden warf. Lupes Atem rasselte. Als er sprach, klang seine Stimme wie ein wütendes Bellen.
»›Kleiner Biber‹ verweigerte mir ein Pferd, das ihm selbst nicht gehörte. Seine Anmaßung kostete ihn das Leben. Mich aber hat er gedemütigt und verhöhnt. Als Vergeltung beanspruche ich jetzt das Tier.«
In Nitas Augen spiegelten sich zwei kleine tanzende Flammen. Ihre Worte kamen langsam und bedeutungsvoll.
»Heute Nacht erschien mir die Große Mutter im Traum. Sie trug weiße Federn im Haar und um ihre Arme ringelten sich Schlangen. Sie sprach zu mir: ›Deinem Sohn wird in der Wüste ein schwarzer Hengst begegnen, der im Zeichen der Sterne

geboren wurde. Dieser Hengst soll sein Bruder sein. Ihre Seelen werden einander vertrauen.‹«

Jenny stockte der Atem. Woher nahm die Frau ihr Wissen?

Lupes Gesicht glänzte vor Schweiß. Grimmig stieß er hervor: »Ein Krieger braucht ein Pferd, das ihn in die Schlacht trägt und nicht vor den Waffen des Weißen Mannes scheut!«

Nita betrachtete ihn ausdruckslos.

»Die Geister senden uns eine Botschaft, wenn unsere Ohren mit Staub verstopft sind. Gib acht, Häuptling. Ein Pferd ist ein doppeldeutiges Zeichen. Wenn es den Boden stampft, zittern die Menschen und sein Wiehern spaltet die Berge.«

Sie drehte ihm gelassen den Rücken zu, kniete neben Chuka nieder und half ihm, sich aufzurichten. Zu Jenny sprach sie: »Sei willkommen. Mein Wickiup soll dein Wickiup sein.«

Sie wandte sich ab; die Hand auf der Schulter ihres Sohnes, ging sie auf ihre Hütte zu. Die Indianer traten zurück, um sie vorbeizulassen. Jenny stieg aus dem Sattel. Sie machte einige Schritte und führte Flammender Stern am Zügel. Plötzlich blieb sie stehen: Lupe versperrte ihr den Weg. Sie zögerte; dann hob sie trotzig das Kinn und ging an ihm vorbei. Sie hatte das Gefühl, dass sich sein Blick wie ein Skalpmesser in sie hineinbohrte, doch er sprach kein Wort und hielt sie auch nicht zurück.

13. Kapitel

Die Hütte, von Birkenlaub und Buschwerk bedeckt, wurde von geschnitzten Pfählen gestützt und wirkte sehr geräumig. Bunte Decken lagen auf dem weichen Sandboden. Die Feuerstelle befand sich unter einem Vordach aus Binsen und Weidenruten im Freien.

Nita saß mit untergeschlagenen Beinen neben Chuka, der erschöpft auf sein Lager gesunken war. Mit den Fingerspitzen fuhr sie leicht über die Striemen auf seinem Rücken. Sie rief einen kleinen Jungen und befahl ihm, frisches Wasser zu bringen. Der Junge war bald wieder zurück. Jenny sah zu, wie Nita aus einem kleinen Lederbeutel, den sie um den Hals unter ihrem Gewand trug, ein Pulver aus zerriebenen Kräutern im Wasser auflöste. Dann tauchte sie ein sauberes Tuch hinein und betupfte damit behutsam die Striemen.

»Die Wunden werden bald verheilt sein«, sagte sie zu ihrem Sohn. »Morgen wirst du keine Schmerzen mehr haben.«

Chuka wandte den Kopf und lächelte sie an.

»Ich spüre sie schon jetzt nicht mehr.«

Etwas später trug Nita eine Holzschüssel herein, die mit Fleisch und verschiedenen Gemüsen gefüllt war. Jenny spürte plötzlich, dass sie Hunger hatte. Während sie aßen, sprach Nita kaum und Jenny wagte es nicht, eine Frage an sie zu richten. Nach dem Essen zog Nita eine wunderschön geschnitzte Tabakspfeife aus einer Hirschhauthülle. Sie saß Jenny gegenüber, füllte sorgfältig die Pfeife, zündete sie an und rauchte einige Minuten schweigend. Dann sprach sie:

»Viele Weiße denken mit dem Kopf statt mit dem Herzen. Sie sind so zahlreich wie die Tannennadeln, die Regentropfen und die Sandkörner in der Wüste. Sie gründen Städte, erbauen Festungen und Straßen. Sie wühlen den Boden auf, fällen die Bäume. Sie töten die Tiere, um ihre Felle zu verkaufen, und stören die Geister, die in den Bergen über uns wachen.«

Jenny nickte traurig. Nita fuhr fort:

»Die Augen und das Herz vergessen nicht so leicht, was sie einmal geliebt haben. Chuka war eben geboren, als die Weißen seinen Vater erschossen.«

Jenny senkte den Kopf. Nitas Gesicht war ruhig, doch ihre Stimme klang bitter.

»Dennoch«, sprach sie weiter, »bin ich glücklich, dass du zu uns gekommen bist. Alle unsere Handlungen sind im Buch des Lebens vorgezeichnet. Deine Begegnung mit meinem Sohn wurde vom Schicksal herbeigeführt.«

Ihr bläulich schimmernder Blick war fern und eindringlich zugleich. Jenny schwieg immer noch. Sie hatte das Gefühl, schon lange mit den Apachen verbunden zu sein, sie eine Ewigkeit zu kennen. Doch Nitas nächste Worte ließen sie erbeben.

»Die Apachen versammeln sich in den Bergen. Lupe hat für morgen eine Ratsversammlung aller Häuptlinge einberufen.«

Ein kalter Windzug strich durch die Hütte. Jenny spürte, wie sie fröstelte.

»Und was geschieht dann?«, fragte sie.

Nita starrte dem Rauch nach, der durch eine Öffnung nach oben entwich. Es war, als betrachtete sie in weiter Ferne unsichtbare Dinge.

»Die Apachen werden kämpfen, weil sie hoffen, so zu überleben, doch der Tod wird ihnen die Lippen versiegeln.«

Jennys Atem stockte. Sollten die Indianer das Fort belagern, hatte sie kaum noch eine Möglichkeit, Crosh zu stellen.

»Ich ... ich muss den Mörder meines Vaters anklagen, bevor der Kampf ausbricht«, stieß sie hervor.

Nita sog nachdenklich an der Pfeife und blies den Rauch aus. Ihre Augen glänzten im Feuerschein.

»Ist das ernstlich dein Wunsch?«

Jenny rang verzweifelt die Hände.

»Mein Vater starb unschuldig. Er war kein Pferdedieb.«

Nita nickte verständnisvoll.
»Dann tu, was du für richtig hältst. Mein Sohn wird dich begleiten.«
Ein erleichterter Seufzer hob Jennys Brust.
Nita fuhr fort: »Verlasse das Lager bei Sonnenaufgang. Doch ich warne dich. Dir bleibt nur wenig Zeit. Die Mondsichel wird schmal. Sobald sie verschwunden ist, wird die Erde unter Tausenden von Pferdehufen dröhnen.«
Sie erhob sich mit leichter, federnder Bewegung.
»Es ist schon spät. Du musst jetzt ausruhen. Morgen habt ihr einen langen Weg vor euch. Und er wird nicht ohne Gefahr sein ...«
Sie breitete auf weichen Fellen eine Decke aus und Jenny legte sich nieder. Der Abendwind raschelte im Buschwerk und das Geräusch tönte wie das Schwirren von Insektenflügeln. Im Halbdunkel spürte Jenny, wie die Hand der Medizinfrau leise über ihre Stirn glitt. Schon halb im Schlaf, fragte sie:
»Hast du meinen Vater gekannt?«
Sie vernahm Nitas ruhige, etwas singende Stimme.
»›Kleiner Biber‹ war einer der Unsrigen. Er trug das unsichtbare Zeichen auf der Stirn, an dem die Tiere ihre Freunde erkennen. Auch du trägst dieses Zeichen.«
Zwischen Schlaf und Wachsein sah Jenny plötzlich ein Gesicht vor sich, ein Gesicht mit hohen Backenknochen, funkelnden Augen und harten, spöttischen Lippen. Eine plötzliche Angst überfiel sie. Erschauernd stieß sie einen Namen hervor:
»Lupe.«
Nitas heitere Stimme drang von weit her an ihr Ohr.
»Was befürchtest du? Er kann dir nichts anhaben.«
»Er will das Pferd«, flüsterte Jenny.
»Dein Pferd?«, sagte leise die Medizinfrau. »Weißt du denn nicht, dass die Fäden von Leben und Tod in seiner Mähne verflochten sind?«
Erst da schlief Jenny ein.

14. Kapitel

Die Sonne färbte den Himmel korallenrot, als Jenny und Chuka sich auf den Weg machten. Jenny ritt Flammender Stern und Chuka einen der gescheckten Mustangs seiner Mutter. Nita hatte ihnen Decken und Proviant mitgegeben: Brotkuchen aus getrockneten Wacholderbeeren, Feigen, Nüsse und Eicheln.
Die Apachen hatten ihnen keine Beachtung geschenkt, als sie das Lager verließen. Einzig Nita war eine Weile neben den Pferden hergegangen. Dann, in kurzer Entfernung von den Hütten, war sie stehen geblieben. Chuka hatte sich umgedreht, die Hand zum Abschied erhoben. Sie aber, in einen roten Umhang gehüllt, hatte sich nicht gerührt. Ihre hochgewachsene Gestalt warf einen langen, reglosen Schatten in der Sonne.
Der Wind flüsterte in den Wacholderbüschen und strich den beiden Reitern entgegen. Schweigend trabten sie durch den kühlen Morgen. Kein Laut, außer dem vertrauten Geräusch der Hufe auf den Steinen, war in der Einsamkeit zu hören. Langsam stieg die Sonne höher und mit ihr kam die Hitze. Der Himmel wurde dunstig; die Landschaft zitterte im flüssigen Blau der Luftspiegelungen. Plötzlich kniff Chuka aufmerksam die Augen zusammen. Jenny folgte seinem Blick und sah in weiter Ferne eine dünne Rauchfahne aufsteigen.
»Signale«, sagte er. »Es müssen Apachen sein, die zur Beratung kommen.«
Jenny nickte sorgenvoll. Sie wusste, dass jede Stunde kostbar war. Für sie stand fest, dass Major Holland ihr helfen würde. War er nicht der Freund ihres Vaters gewesen?
Ein Vogel schwirrte auf, glitt durch die dunstige Luft und verschwand im Gebüsch. Chuka wandte ihr sein lächelndes Gesicht zu.

»Hast du den Vogel gesehen? Komm, wir reiten ihm nach. Gleich werden wir Wasser finden.«
Er hatte sich nicht geirrt: Wenig später sahen sie eine Mulde unter der Felswand. Ein dünnes Rinnsal glitt über glatt geschliffenes Gestein und floss in ein von Schilf umwachsenes Becken. Sie stiegen ab und führten die Pferde in den Schatten. Während sie in der Mittagshitze rasteten, zeigte Chuka Jenny einige Pflanzen, die die Indianer als Nahrung, als Medizin und zum Feuermachen verwendeten. Aus anderen Pflanzen wurde Seife oder Farbe gewonnen. Manche hatten starke Fasern, die sich gut zum Flechten eigneten. Jenny hörte staunend zu. Sie begriff, dass die Indianer die Natur nicht als feindselige Kraft ansahen, sondern sich als ein Teil von ihr fühlten.
Als die Hitze nachließ, machten sie sich wieder auf den Weg. Mehrmals hielt Chuka an und prüfte den Boden. Einmal kreuzten sie die Fährte einer Gruppe unbeschlagener Pferde. Die Spuren waren noch frisch.
»Sie kommen aus dem Osten«, sagte Chuka. »Es sind Mescaleros.«
Jenny fuhr mit der Zunge über die trockenen Lippen. Die Mescaleros waren der größte und gefürchtetste Stamm der Apachen.
Chuka schien ihre Gedanken zu erraten.
»Es ist besser, wir begegnen ihnen nicht.«
Sie ritten schnell weiter. Der Nachmittag verging. Das Licht wurde sanfter, die Hitze schwächer. Dann schillerte der Himmel tiefblau. Die Spitzen der Berge schimmerten rötlich, bis der Abenddunst sie in Purpur verwandelte. Sobald die Sonne gesunken war, senkten sich die Schatten über die Weite der Wüste und die Nacht brach herein.
Die Schlafstelle, die sie sich auswählten, war eine Sandgrube unter schrägen Felsen. Chuka sammelte einige Äste von Büschen, die mit fast rauchlosen Flammen brannten. Es war sehr schwül. Jenny blickte auf den kupfernen Mondsplitter, der über die Berge wanderte, kaum groß genug, um einen Lichtschim-

mer auszustrahlen. Sie seufzte beklommen. Später zogen Wolken auf. Fernes Donnergrollen war zu hören. Plötzlich zuckte ein Blitz über die Berge. Im gleichen Augenblick kniete Chuka nieder, faltete die Hände und sprach:
»Blitz, störe unseren Frieden nicht. Geh deinen Weg ohne Groll. Leuchte uns, ohne uns zu verletzen. Zwinge unserem Geist keine Furcht auf.«
»Was ist der Sinn dieser Worte?«, fragte Jenny erstaunt.
Er erwiderte: »Blitze sind Kundgebungen unserer Großen Mutter. Wenn sie erscheinen, müssen wir zu ihr sprechen. Dann weiß sie, dass wir ihre Kinder sind, und ihr Zorn wird uns verschonen.«
Die Weißen, dachte Jenny, haben dieses Bündnis mit der Natur gebrochen. Sie fühlen sich nicht mehr als ein Teil der Schöpfung. Sie sind der Meinung, dass ihr Gott ihnen die Herrschaft über die Natur verliehen hat, und sie benehmen sich danach.
Sie blickte zum Himmel empor. Die Wolken verzogen sich und bald funkelten die Sterne wieder klar und strahlend. Ihr Vater hatte ihr gesagt, dass die Erde auch so ein Stern sei. Jenny fand es schön, sich vorzustellen, dass sie auf einem Stern lebten.
»Chuka«, sagte sie halblaut. »Ich gehe nicht mehr zu den Weißen zurück.«
»Dann bleibst du also bei uns«, sagte er in zufriedenem Ton.
Jenny holte tief Atem. Sie war nur ein Kind und wusste nicht, wie sie ihren Gefühlen Ausdruck geben konnte.
»Weißt du, Chuka, ich glaube nicht, dass es eine Rolle spielt, ob man mit heller Haut und blondem Haar oder mit brauner Haut geboren wird. Wir sind alle die Kinder dieser Erde.«
»Die Erde ist lebendig und du bist ein Teil von ihr«, sagte Chuka. »Denk immer daran und du wirst nie mehr Angst haben.«
Der Nachtwind spielte in Jennys Haaren. Die Dunkelheit umgab sie wie ein schützender schwarzer Mantel. Sie sah die Sterne in unendlicher Zahl, den rötlichen Widerschein des Feuers. Sie drehte sich aufs Gesicht und schlief ein.
Gegen Morgen weckte sie Chuka. Er hatte in der Ferne Lichter

gesehen. Jenny blinzelte benommen. Sie stand auf und machte einige Bewegungen, um ihre erstarrten Muskeln zu lockern.
»Apachen?«, fragte sie.
Er nickte.
»Mescaleros. Wir sollten sofort weiterreiten.«
Während Jenny Flammender Stern sattelte, löschte er das Feuer, begrub sorgfältig die Glut und fegte den Sand mit einem Zweig glatt. Dann schwangen sie sich auf den Rücken der Pferde und ritten eilig davon.
Der Himmel färbte sich gelb, dann rosa. Jennys Gesicht war feucht vom Tau. Als die Sonne aufging, hatten sie schon eine beachtliche Strecke zurückgelegt. Plötzlich bemerkte Jenny, wie Flammender Stern die Ohren spielen ließ. Im selben Augenblick zügelte Chuka seinen Mustang. Eine größere Gruppe Indianer ritt in einiger Entfernung aus einer Schlucht heraus. Chukas Gesicht wurde starr. Es hatte keinen Sinn, sich zu verstecken. Er gab Jenny ein Zeichen weiterzureiten, sodass die Apachen sie sehen konnten. Die Indianer wirkten unsicher. Sie wussten nicht, was sie von diesem seltsamen Paar halten sollten. Sie starrten von Chuka auf Jenny und wieder zu Chuka zurück. Zögernd kamen sie näher und hielten ihre Pferde an. Der Anführer war ein außergewöhnlich großer, starker Mann mit breiten Backenknochen und niedriger Stirn. Sein Mund war breit und grausam. Er trug mexikanische Hosen und ein Lederhemd, das vom Hals bis zum Gürtel offen stand. Er hatte ein Gewehr und zwei abgegriffene Colts bei sich. Auch seine Begleiter waren mit Gewehren und Speeren bewaffnet.
Er trieb seinen Rappen näher heran.
»Wer bist du? Was macht ihr hier?«, fragte er Chuka.
Dieser nannte höflich seinen Namen.
»Ich bin der Sohn von Nita, der Medizinfrau. Wir kommen von den White Mountains.«
Die Männer tauschten einen Blick und nickten. Offenbar war ihnen der Name nicht unbekannt. Der Anführer zeigte auf Jenny.
»Und wer ist sie?«

»Sie ist eine der Unsrigen«, antwortete Chuka. »Ihr Vater war ›Kleiner Biber‹.«
»›Kleiner Biber‹ ist tot«, sagte einer der Mescaleros.
Jenny wunderte sich, woher der Indianer das wusste. Sie merkte, dass der Anführer Flammender Stern betrachtete.
»Das weiße Mädchen reitet ein gutes, starkes Pferd«, sagte er schließlich. »Ich hörte, dass Lupe, der Häuptling der White-Mountains-Apachen, für diesen Hengst sieben Mustangs angeboten hat.«
»Das Pferd ist mein Totem«, sagte Chuka schnell.
Die Indianer sahen ihn mit neu erwachtem Interesse an, doch der Anführer sagte scharf: »Es ist ein Männerpferd.« Plötzlich war die Stimmung angespannt. Jenny spürte, dass der Mescalero vorhatte, sich das Pferd anzueignen. Einen Hengst zu besitzen, den der Kriegshäuptling Lupe begehrte, musste für einen Anführer niedrigen Ranges eine große Genugtuung sein. Auch Chuka hatte die Gefahr gespürt.
»Der Hengst«, sprach er, »heißt Flammender Stern. Er trägt diesen Namen, weil seine Klugheit über das Verständnis der Menschen hinausgeht.«
Einer der Apachen lachte laut. Die anderen tauschten ironische Blicke.
»Und wie äußert sich die Klugheit dieses Pferdes?«, fragte der Anführer höhnisch.
»Sie besteht darin, dass es sich nicht von einem Menschen täuschen lässt. Es erkennt die Wahrheit in uns und gehorcht nur jenem, dem es vertraut. Dem aber, der seinen Zorn erregt, bricht es die Knochen.«
»Und der Hengst gehorcht diesem Mädchen?«
»Nur ihr allein.«
Schroff wandte sich der Anführer an Jenny.
»Weißes Mädchen, hat er die Wahrheit gesagt?«
Jenny nickte stumm.
»Weißes Mädchen«, fuhr der Apache fort. »Mein Name ist Ochoa, der Pferdebändiger. Wenn der Sohn der Medizinfrau

gelogen hat und ich das Pferd bezwinge, dann soll es mir gehören.«
Im Schweigen, das folgte, hörte Jenny deutlich das Rauschen des Windes. Sie warf Chuka einen Hilfe suchenden Blick zu, doch es war ein Ausdruck in seinem Gesicht, der ihr Zuversicht gab. So ließ sie sich schweigend aus dem Sattel gleiten. Ochoa sprang leichtfüßig von seinem Rappen. Jenny hörte das Atmen der Männer, sah das aufgeregte Glänzen in ihren Augen. Sie fühlte, dass Ochoa auf Lupe eifersüchtig war und ihn demütigen wollte.
Obwohl er schwer war, hatte Ochoa schnelle, geschmeidige Bewegungen. Er trat an das Pferd und packte die Zügel. Flammender Stern stampfte und wölbte den Hals. Seine Nüstern weiteten sich. Ochoa ließ ein glucksendes Lachen hören. Er schlang die Zügel um sein Handgelenk und schwang sich in den Sattel.
Flammender Stern erschauderte, doch die kräftigen Knie, die stählernen Hände hielten ihn für einige Sekunden so unbeweglich, dass Reiter und Pferd zu einem Standbild in der Sonne zu erstarren schienen.
Unvermittelt rammte Ochoa seine Fersen in die Flanken des Tieres. Die Augen des Pferdes verdrehten sich. Ein dumpfer, pfeifender Ton entfuhr seiner Kehle und plötzlich bäumte es sich zu seiner ganzen Größe auf. Die Hufe schlugen wie Keulen durch die Luft. Dann fiel es so schwer auf die Vorderhufe zurück, dass die Erde bebte, und mit gewaltigen Sätzen und gebleckten Zähnen drehte es sich im Kreis. Staub wirbelte auf und das Pferd war schaumbedeckt, aber Ochoa hielt sich im Sattel.
Flammender Stern änderte plötzlich seine Taktik. Er rannte los, jagte durchs Geröll mit angelegten Ohren und wieherte, wieherte ohne Unterlass. Einen Augenblick sah es so aus, als ob das Pferd in der wütenden Flucht vor seinem Reiter immer weiter in die Wüste stürmen würde. Doch plötzlich senkte der Hengst den Kopf. Er blieb auf der Stelle stehen, als hielte der Boden seine Hufe fest, und schlug mit aller Kraft aus. Ochoa verlor das Gleichgewicht und kippte aus dem Sattel. Wutentbrannt und

mit ungläubigem Staunen landete er auf dem Boden und wurde wie ein Sack von dem Pferd weitergeschleift, weil sein Fuß noch im Steigbügel hing. Er wollte sich an der Mähne festklammern und hochziehen, aber seine Muskeln gehorchten ihm nicht mehr. Er konnte sich nicht befreien, erst als Flammender Stern stehen blieb, rutschte Ochoas Fuß aus dem Steigbügel, wobei er hart auf die Steine schlug. Ochoa versuchte, sich aufzurichten, aber das Bein gab unter ihm nach. Er fiel mit dem Gesicht auf den Boden. Da erst begriff er, dass er verloren hatte, und in rasender Wut schlug er mit beiden Fäusten auf das gebrochene Bein, damit der Schmerz das Denken in ihm auslöschte.
Flammender Stern aber schüttelte mit arrogantem Schnauben die Mähne, machte kehrt und trabte davon. Die Apachen standen wie erstarrt. Sie konnten nicht glauben, was sie sahen. Flammender Stern blieb bei Jenny stehen und legte zitternd den Kopf auf ihre Schulter. Seine Flanken hoben und senkten sich stoßweise. Seine schaumweißen Nüstern dampften. Wie von weit her vernahm Jenny Chukas Stimme: »Steig auf, schnell.«
Sie setzte den Fuß in den Steigbügel und schwang sich in den Sattel. Die Indianer rissen ihre Pferde zurück, als sie vorbeiritt. Hinter ihr setzte Chuka seinen Mustang in Bewegung.
»Schnell«, wiederholte er.
Sie ritten im Galopp durch das staubige Tal. Hier und da ragten Felsblöcke auf und in der flirrenden Luft ragten auch seltsam geformte Saguaro-Kakteen auf. Plötzlich ertönten Schreie: Ein Schuss krachte hinter ihnen. Jenny und Chuka wussten, was das bedeutete: Ochoa, in seiner Ehre getroffen, hatte seinen Kriegern den Befehl gegeben, sie zu stellen.
Die Gestalten der Reiter zeichneten sich geisterhaft im milchigen Licht ab. Zum Glück war Cedar Creek nicht mehr allzu weit entfernt. Fast Kopf an Kopf jagten die beiden Pferde über den Sandboden dahin.
Wieder ertönte aus der Ferne eine rasche Folge kurzer, gellender Schreie und abermals peitschten Schüsse durch die Luft. Chuka spürte, wie der Mustang unter ihm zusammensackte.

Die Erde kam ihm mit rasender Geschwindigkeit entgegen. Ein Stoß, ein harter Aufprall. Chuka begriff, dass sein Pferd getroffen worden war. Als er benommen den Kopf hob, sah er, wie Flammender Stern einen Bogen machte und auf ihn zukam. Jenny beugte sich aus dem Sattel zu ihm herunter und streckte ihm ihre Hand entgegen. Ein gewandter Satz brachte Chuka hinter sie auf den Rücken des Hengstes. Schon stürmte Flammender Stern mit hämmernden Hufen über die Ebene. Die Mescaleros hatten inzwischen aufgeholt und fluteten wie eine Woge hinter ihnen her. Jenny beschleunigte die Gangart des Hengstes, indem sie seine Zügel locker ließ und zugleich den Schenkeldruck verstärkte, um den Rhythmus seines Galopps auszugleichen. Die Indianer schossen jetzt nicht mehr: Sie fürchteten, das Pferd zu verletzen.

Dann wurden nicht weit vor ihnen die ersten Telegrafenmasten sichtbar. Jenny sah die Hütten der Mexikaner und die weiß gekalkte katholische Kirche von Cedar Creek. Das neu erbaute Fort lag etwas abseits der Ortschaft, am Fuß eines Hügels in östlicher Richtung. Jenny hatte noch nie einen so großen Palisadenzaun gesehen. Trotz der Entfernung sah sie, wie die Flügel des Haupttores aufgingen. Ein Spähtrupp von etwa zehn Reitern galoppierte ihnen Staub aufwirbelnd entgegen. Die Schreie hinter ihnen verstummten: Offenbar wagten sich die Indianer nicht in die Nähe des Forts. Sie zügelten ihre sich aufbäumenden Pferde und ritten unschlüssig hin und her. Unvermittelt rissen sie ihre Tiere herum und verschwanden hinter den Felsen.

Jenny ließ Flammender Stern langsamer laufen. Der erschöpfte Hengst fiel in Trab. Sein Atem ging röchelnd. Seine Flanken waren staubverkrustet und schaumbedeckt. Die Soldaten kamen herangaloppiert. An der Spitze ritt ein junger Offizier. Sein schmales, gebräuntes Gesicht hatte einen überraschten Ausdruck. Er hob eine behandschuhte Hand und salutierte. »Mein Name ist Leutnant O'Brien. Irgendwelche Schwierigkeiten, Miss?«

»Danke, es ist schon wieder alles in Ordnung«, sagte Jenny atemlos, während die Männer sie ungläubig anstarrten.
O'Brien räusperte sich.
»Wenn ich fragen darf, Miss, haben Sie noch Ihre Familie draußen?«
Er glaubte wahrscheinlich, dass sie einem Überfall auf eine Ranch oder einen Wagenzug entkommen war. Doch Jenny schüttelte nur den Kopf und antwortete mit einer Gegenfrage:
»Ist Major Holland immer noch Befehlshaber der Garnison?«
»Jawohl, Miss. Er ist drüben im Fort.«
»Ich muss ihn sofort sprechen.«
O'Brien nickte, immer noch mit erstauntem Gesicht.
»Ich werde Sie zur Kommandantur führen.«
Er stellte keine Fragen mehr, während sie zum Fort ritten, aber die Soldaten beobachteten Chuka mit unverhohlenem Misstrauen. Der junge Indianer beachtete sie nicht, sondern blickte ruhig geradeaus. Eine staubige Piste, in der die Spuren der Hufe und Räder tief eingegraben waren, führte zum Haupttor. Jenny ließ ihre Blicke über die Palisadenwand wandern; sie sah die Sonne auf den Gewehrläufen der Wachen blinken. Das Portal stand offen. Sie ritten an den Wachhütten vorbei. Die Kommandantur – ein klotziges Holzgebäude, vor dem eine Fahnenstange stand – befand sich gleich hinter dem Exerzierfeld. Jenny und Chuka stiegen neben O'Brien am Haltegeländer ab. Chuka band das Pferd fest, als der Wachsoldat auf ihn zustürzte. Bei dem scharfen Klicken des Gewehrlaufes wandte Chuka den Kopf und sah in die Mündung der Waffe.
»Keiner der verdammten Apachen kommt hier in die Kommandantur«, schnaubte der Mann mit wutverzerrtem Gesicht. »Noch einen Schritt, und du bist so voller Löcher, dass deine roten Brüder eine Fährte durch dich hindurch lesen können.«
Chuka starrte den Wachsoldaten an. Dann wanderten seine Augen zu Jenny hinüber.
»Was sagt der weiße Mann?«

»Er will dich nicht hereinlassen«, sagte Jenny ruhig. Chuka nickte ausdruckslos.
»Dann werde ich eben draußen warten.«
Er führte das Pferd etwas abseits und kauerte sich an der Außenwand der Kommandantur nieder. Einige Männer lachten und ein junger Typ spuckte vor Chukas Füßen im hohen Bogen aus.
»Den sollten Sie lieber im Auge behalten, sonst macht der sich gleich mit dem Pferd aus dem Staub«, rief er Jenny zu.
Jenny beachtete ihn nicht, sondern wandte sich an O'Brien, dessen Gesicht mit einer leichten Röte überzogen war. Es lag etwas in dem ruhigen Benehmen des Mädchens, das ihn aus der Fassung brachte.
»Kommen Sie«, sagte er.
Sie nickte zustimmend und ging hinter ihm die Stufen hinauf.

15. Kapitel

Ein Grenzscout in speckigen, rußgeschwärzten Kleidern und ein Kavallerist mit müdem Gesichtsausdruck saßen auf einer Bank im Vorzimmer. Der Kavallerist sprang auf und bot Jenny höflich seinen Platz an. Jenny dankte und setzte sich, die Hände auf den Knien verschränkt. Einige Männer kamen aus Hollands Büro und starrten sie an, doch sie hob nicht die Augen. O'Brien sprach leise mit dem Sergeanten an der Tür. Der warf Jenny einen raschen Blick zu, nickte und verschwand. Einen Augenblick später war er wieder zurück. »Bitte, treten Sie ein, Miss. Major Holland erwartet Sie.«

Jenny erhob sich und folgte ihm.

Major Holland stand von seinem Schreibtisch auf, um sie zu begrüßen. Jenny hatte ihn schon jahrelang nicht mehr gesehen. Sie erblickte vor sich einen breitschultrigen Mann mit langen Armen und Beinen. Unter der faltigen Stirn lagen große, weit geöffnete Augen. Seine Nase war kurz, sein Kinn glatt rasiert und um seinen Mund hatten sich schlaffe Falten gebildet.

»Mein Gott, Jenny«, sagte er. »Ich hätte dich fast nicht wiedererkannt.«

Jenny beobachtete unablässig seine Augen. Ihre halbwegs indianische Erziehung befähigte sie, das Wesen eines Menschen oder eines Tieres schnell und unfehlbar zu erkennen. Irgendetwas an ihm war nicht mehr wie früher.

»Jenny . . . was ist passiert?«

Sie rang die Hände.

»Mein Vater ist tot.«

»Indianer?«

Jenny schüttelte den Kopf. Auf einmal fühlte sie sich kraftlos und erschöpft. Die Beine versagten ihr. Sam Holland kam auf sie zu, nahm sie behutsam an den Schultern und führte sie zu einem Stuhl.

»Setz dich, Jenny. Hab keine Angst. Du bist hier in Sicherheit. Sag mal . . . wie alt bist du jetzt?«

»Dreizehn«, sagte sie tonlos.

Er wiegte nachdenklich den Kopf.

»Du hast gesagt, Abel sei tot«, nahm er das Gespräch wieder auf. »Wenn ich dich richtig verstanden habe, waren es nicht die Apachen?«

Jenny bewegte mühsam die Lippen.

»Es kam alles wegen des Pferdes . . .«

Holland runzelte die Stirn. Die längst vergessene Sache mit dem entlaufenen Vollblut kam ihm plötzlich wieder in den Sinn.

»Du willst doch wohl damit nicht sagen, dass der Besitzer den Weg zu euch gefunden hat und Abel wegen dieser Stute ermordete?«

Jennys Gesicht war erstarrt.

»Er beschuldigte meinen Vater, das Pferd gestohlen zu haben.«

Sam Holland starrte sie an.

»Wer war es? Kannst du dich an seinen Namen erinnern?«

»Er hieß Crosh.« Jenny sprach den Namen leise, aber deutlich aus. Holland beugte sich vor.

»Du meinst doch nicht Frank Crosh?«

Jenny nickte.

»Sein Partner war ebenfalls dabei. Er hieß Wilson. Und auch ihre Cowboys haben alles mit angesehen.«

Holland stieß zischend den Atem aus.

»Das hat gerade noch gefehlt.«

Jenny betrachtete ihn forschend. Er wirkte wie vor den Kopf gestoßen.

»Kennen Sie diese Leute?«

Der Major stand schwerfällig auf. Er stellte sich vor das Fenster und blickte auf das Exerzierfeld hinaus. Er schwieg eine volle Minute und begann dann zu sprechen; dabei kehrte er Jenny den Rücken zu.

»Frank Crosh gehört zu den reichsten Großgrundbesitzern un-

seres Staates. Er ist ein Enkel von General Edward Crosh, der sich im Krieg gegen Mexiko ausgezeichnet hat.«
Er holte tief Luft.
»Um einen solchen Mann vor Gericht zu stellen, braucht es handfeste Beweise.«
Jennys Augen waren auf seinen Rücken gerichtet. Sam Holland wandte sich um und ging zu seinem Schreibtisch zurück, wobei er ihrem Blick auswich.
»Die Sache sieht nicht gut für dich aus, Jenny. Ich glaube dir und weiß, dass du die Wahrheit sagst. Aber es wird sehr schwer sein, diese Wahrheit ans Tageslicht zu bringen. Du sagst, dass Wilson auch dabei war. Wilson ist Croshs Schwager. Er wird ihn decken. Was die Cowboys betrifft ... nun, auch die werden es vorziehen, vor Gericht ihren Mund zu halten.« Er schüttelte traurig den Kopf. »Du stehst ganz allein da, Jenny.«
Sie sah ihn fest an.
»Ich stehe nicht allein da, wenn Sie mir helfen.«
Hollands bleiche Wimpern zuckten.
»Nehmen wir mal an«, sagte er, »ich würde als Zeuge auftreten und berichten, dass Abel Grey schon vor zwei Jahren nach dem Besitzer einer entlaufenen Stute geforscht hat. So weit alles schön und gut, aber unweigerlich wird die Frage auftauchen: Wer war eigentlich dieser Abel Grey? Ein Waisenkind, in einem Apachenlager großgezogen und in einer Missionsschule aufgewachsen. Ein Mann also mit unklarer Vergangenheit ...«
Er stieß das Kinn vor, um seine Verlegenheit zu verbergen.
»Ich will dich nicht beleidigen, Jenny. Ich versuche dir nur klarzumachen, was uns bei Gericht vorgehalten werden kann. Ein guter Rechtsanwalt wird die Richter leicht davon überzeugen, dass deine Aussage nicht maßgebend ist. Und selbst wenn ich mit meinem Bericht deine Darstellung unterstützen würde, riskieren wir, den Kürzeren zu ziehen ...« Er warf Jenny einen Blick zu, als ob er auf ihre Zustimmung wartete. Sie schwieg hartnäckig und er räusperte sich.
»Hör zu, Jenny ... Abel war mein Freund. Sein Tod trifft mich

härter, als du vielleicht annimmst. Ich möchte dir ja helfen, ich weiß nur nicht, wie. Aus Croshs Aussage wird deutlich hervorgehen, dass Abel seine Stute gestohlen hat. Und reitest du nicht einen Hengst, der rechtmäßig ihm gehört? Hast du vergessen, dass in Arizona auf Pferdediebstahl die Todesstrafe steht? Wir sollten . . . ich meine . . .« Er stockte und fingerte nervös an seinem Hemdkragen herum.

»Sie haben Angst«, sagte Jenny leise.

Es war mehr eine Feststellung als eine Frage. Holland zuckte zusammen. Jenny sah, wie seine Stirn feucht wurde.

»Herrgott, ja!«, stieß er hervor. »Ich habe Angst! Angst, dass wir uns in eine dumme Geschichte einlassen. Außerdem bin ich hier Befehlshaber und habe andere Sorgen. Sämtliche Apachenstämme treffen sich zu einer Beratung. Selbst du wirst wissen, Jenny, dass eine Beratung im augenblicklichen Zeitpunkt äußerste Gefahr bedeutet.«

Eine große blaue Fliege summte durch den Raum. Jenny nickte langsam und stand dann auf. Sam Holland war jetzt wirklich bestürzt.

»Wo gehst du hin, Jenny?«

Sie schüttelte leicht den Kopf.

»Ich weiß es nicht«, sagte sie ruhig.

Sam Holland holte gepresst Atem.

»Aber Kind, hast du Verwandte, an die du dich wenden kannst? Hast du . . .«

Er verfluchte sein eigenes Versagen. Natürlich hatte sie niemanden. Aber was konnte er in dieser Situation für sie tun? Wenn er sich mit Crosh anfeindete, würde das womöglich seine Streifen kosten. Der Kerl war ein hartgesottener Raufbold. Er hatte Beziehungen bis nach Washington und Vermögen genug, um ein Dutzend Rechtsanwälte zu bestechen. Jenny tat ihm aufrichtig leid. Abel war ein Narr gewesen, das Pferd zu behalten. Vermutlich war es zu einem Wortwechsel gekommen. Crosh hatte Abels Argumente mit der Waffe beantwortet und dem Gesetz nach war er sogar im Recht.

Holland holte gereizt Luft. Es war eine hässliche Aufgabe gewesen, dem Kind das klarzumachen.
»Jenny«, sagte er, »du musst ein Zuhause haben. Hier im Fort kannst du nicht bleiben. Zivilisten werden nur vorübergehend hier aufgenommen, solange die Gefahr eines Überfalls besteht. In Cedar Creek gibt es eine Schule für Mexikanermädchen, die von Schwestern geleitet wird. Ich werde dir einen Brief an die Mutter Oberin mitgeben.«
Jenny zögerte und machte dann ein zustimmendes Zeichen. Sie spürte, er hätte sie sonst nicht fortgelassen. Er musste den Brief schreiben, um sein Gewissen zu entlasten. Sie wartete stumm, während seine Feder über das Papier kratzte. Die Fliege flog hastig hin und her und draußen stampfte ein Pferd. Holland unterschrieb den Brief, steckte den Bogen in einen Umschlag und gab ihn Jenny.
»So.« Er lachte gepresst. »Mach dir jetzt keine Sorgen mehr. Die Mutter Oberin wird sich um dich kümmern. Und wenn du etwas nötig hast oder einen Rat brauchst, bin ich immer für dich da.«
Jenny nahm schweigend den Brief. Immer noch stumm, machte sie einige Schritte zur Tür hin. Sam Holland sah ihren schmalen Rücken, ihr weißes, verschmutztes Kleid, und kam sich erbärmlich vor.
»Jenny?«, sagte er mit rauer Stimme.
Sie blieb stehen und drehte sich nach ihm um. Er blickte befangen zur Seite.
»Crosh ist immer noch in der Gegend. Geh ihm lieber aus dem Weg.«
Sie nickte wortlos, übersah seine ausgestreckte Hand und ging rasch zur Tür hinaus.
Im Vorzimmer standen einige Soldaten herum und die zwei Männer saßen immer noch auf der Bank. Jenny ging langsam die Stufen hinunter. Die Sonne sank. Der Himmel war feuerrot und die Palisaden zeichneten lange Schatten in den Sand. Einige Planwagen waren angekommen. Die Männer waren dabei, den

Pferden das Geschirr abzunehmen. In den Quartieren brannten schon die Petroleumlampen. Jenny hörte die Befehle der Sergeanten und das Prusten und Schnauben der Pferde in den Stallungen. Sie senkte den Blick auf den Brief in ihrer Hand und zerriss ihn mit wohlbedachten Bewegungen in kleine Fetzen, die sie in den Sand streute. Was konnte sie tun, wenn Ehrgeiz und Mangel an Selbstvertrauen einen Mann blind und taub machten?

Ihre Augen wanderten zu Chuka hinüber, der neben dem Hengst an der gleichen Stelle kauerte.

Bei ihm, dachte sie, gibt es keine Frage, die nicht ihre Antwort findet. Als sie über den Platz ging, merkte sie, dass viele Männer stehen blieben und den Hengst begafften. Die Vernunft riet ihr, das Fort so schnell wie möglich zu verlassen, aber da fiel ihr ein, dass Flammender Stern seit dem Morgen nicht mehr getränkt worden war. Die Wasserversorgung befand sich auf der anderen Seite des Exerzierfeldes. Mehrere Frauen und einige Männer standen Schlange, um ihre Eimer zu füllen. Jenny lieh sich einen Eimer bei einem Soldaten und schloss sich ihnen an. Einige Minuten später stellte sie den vollen Eimer vor Flammender Stern hin, der sofort durstig trank. Chuka richtete sich auf und warf ihr einen fragenden Blick zu.

»Wir reiten sofort«, sagte sie tonlos.

Sie warteten, bis Flammender Stern getrunken hatte. Jenny wollte gerade den Eimer nehmen, um ihn dem Soldaten zurückzubringen, als ein Schatten vor ihr in den Sand fiel.

Sie hob die Augen. Vor ihr stand Frank Crosh.

16. Kapitel

Es war Jenny, als stockte alles in ihr, Atem, Blut, das Leben selbst. Sie konnte nichts sagen, nichts denken. Sie starrte ihn an und wieder fiel ihr der unheimliche Gegensatz des dunkel gebräunten, harten Gesichts und der wasserblauen Augen auf. Unter dem schwarzen Schlapphut hing das Haar strähnig bis auf seine Schultern. Er trug ein Lederhemd und eine Reithose, die in mexikanischen Stiefeln steckte. Seine Colts baumelten an gekreuzten Revolvergurten.

Einige Atemzüge lang stand er ganz still, ganz ruhig da. Dunkel gegen den Himmel aufragend, wirkte er mächtig und eindrucksvoll. Dann legte er den Kopf ein wenig zur Seite und sagte in schleppendem Tonfall:

»Kennen wir uns nicht, Kleine?«

Plötzlich erfüllte Jenny eine seltsame Ruhe und sie sah ihm furchtlos ins Gesicht, während sie laut und deutlich sagte:

»Sie waren es, der meinen Vater ermordet hat!«

Eine Ader begann, an Croshs Stirn zu pochen, und seine Augen zogen sich zu Schlitzen zusammen. Er warf einen Blick um sich, und als er merkte, dass einige Leute Jennys Worte gehört hatten, rief er ebenso laut:

»Ich habe dem verdammten Pferdedieb nur einen Denkzettel verpasst!« Gebieterisch streckte er die Hand aus.

»Los, gib die Zügel her. Das ist mein Pferd.«

»Rühren Sie es nicht an«, schrie Jenny und warf sich vor den Hengst.

Sie sah, wie Crosh die Faust ballte, und duckte sich in Erwartung eines Schlages, doch er ließ die Hand wieder sinken. Immer mehr Leute kamen herbei. Ihre Stiefel knirschten auf dem trockenen Lehmboden. Es waren Scouts, Soldaten, Farmer und einige Frauen. Jetzt trat ein rotbärtiger Siedler, der einen ätzen-

den Schweißgeruch ausströmte, dicht an Crosh heran. Der nickte ihm zu.
»Hallo, Buffalo!«
Crosh zog ein silbernes Etui aus der Tasche und bot ihm eine Zigarette an, die der Rotbärtige in seine klobigen Finger nahm.
»Ein Mann soll das Recht haben, sein Eigentum zu verteidigen«, fuhr Crosh in beiläufigem Ton fort.
»Ganz meine Meinung, Mr Crosh«, sagte Buffalo, während einige der Zuschauer beipflichtend nickten. Er zündete ein Streichholz an seiner Stiefelsohle an und gab dem Rotbärtigen Feuer.
»Sag mal, Buffalo, was würdest du mit einem Pferdedieb machen?«
Die Antwort kam ohne Umschweife: »Ich würde ihm eine Kugel durch den Bauch jagen.«
Zustimmendes Gemurmel unterstrich seine Worte. Jennys verzweifelte Blicke blieben kurz auf einer schwarz gekleideten Frau haften, die still abseits stand. Ihr Haar war von einem ebenfalls schwarzen Stoffstreifen umwickelt. Das Gesicht war gebräunt und die Haut so voller Falten und Risse, dass sie aussah wie ein eng geknüpftes Netz, in dessen Maschen sich die dunklen, eindringlichen Augen gefangen hatten.
In diesem Augenblick trat ein großer, grauhaariger Mann vor. Er zeigte auf Jenny und rief: »Es ist immer verdächtig, wenn ein Weißer mit Indianern verkehrt. Ich kenne dieses Mädchen. Sie heißt Jenny Grey. Ihr Vater war einer dieser verdammten Indianerfreunde, die behaupteten, das Land hier gehöre den Apachen. Aber was kann man von einem Mann erwarten, der zehn Jahre seines Lebens bei den Wilden verbracht hat? Und seine Tochter scheint in seine Fußstapfen zu treten . . . hat sie doch auch so eine dreckige Rothaut mit ins Fort geschleppt.«
Alle Blicke richteten sich auf Chuka, dessen Augen schwarz und schräg aufglühten. Obgleich er die Worte nicht verstand, spürte er deren Feindseligkeit. Eine dicke Frau rief mit schriller Stimme:
»Was tut eigentlich der Indianer hier im Fort? Ich bin sicher,

dass er uns ausspioniert, um seinen roten Brüdern über die Anlagen hier zu berichten!«
Ein Korporal, der alles mit angehört hatte, versuchte, sie zu beruhigen.
»Regen Sie sich nicht auf, Madam. Er ist ja nur ein Kind.«
»Das ist es ja gerade«, kreischte die Dicke. »Sie schicken die Kinder, um nicht unser Misstrauen zu erregen.«
In diesem Augenblick traten einige Offiziere aus der Kommandantur. Unter ihnen war Major Holland. Er sah das Gedränge um das schwarze Pferd, erkannte Crosh und wusste sofort Bescheid. Ich hatte ihr doch gesagt, sie soll das Fort gleich verlassen, dachte er grimmig, während die Männer auf die Seite traten, um ihn vorbeizulassen. Crosh sah ihn kommen. Er hatte die Daumen in seinen Gürtel geklemmt und seine Finger berührten fast seine Colts. Holland nickte ihm kühl zu.
»Was ist los?«
»Die Kleine da hat ein Pferd, das mir gehört«, sagte Crosh. »Ihr Vater hat mir vor zwei Jahren eine tragende Stute geklaut. Das hier ist ihr Füllen. Als ich meine Tiere zurückverlangte, wurde der ausfallend. Jedermann weiß, wie so was endet«, schloss er in düsterem Ton.
»Ich bin schon unterrichtet«, sagte Holland kurz angebunden. »Sonst noch was?« Crosh zeigte auf Flammender Stern.
»Ich will mein Pferd zurückhaben.«
Holland sah, wie Jenny sich bebend an die Zügel klammerte, und wandte rasch den Blick wieder ab.
»Ich wäre Ihnen dankbar, wenn Sie mich mit diesen Angelegenheiten im jetzigen Moment verschonen würden.« Er hob seine behandschuhte Hand. »Die Wachen haben Rauch in den Bergen gesichtet. Eine Menge Rauch. Dünne Spiralen . . . und überall, wohin das Auge reicht. Ich fürchte, wir sind umzingelt, und bald wird die Hölle losbrechen. Ich habe schon nach Fort Ralston telegrafieren lassen und Verstärkung angefordert.«
Ein Raunen ging durch die Anwesenden und die Dicke schrie: »Die Heiligen mögen uns schützen, wenn die Apachen über die

Palisaden kommen.« Sie wies in höchster Erregung auf Chuka. »Ich wusste doch, dass er ein roter Spion ist! Nehmt ihn fest, bevor er draußen seine Brüder benachrichtigt.«
Crosh entblößte seine weißen Zähne.
»Sie sollten sich die Worte der Dame zu Herzen nehmen, Major. Der Apache hatte ausreichend Zeit, sich jeden Balken im Fort anzusehen.«
Holland runzelte die Stirn. Der offene, ruhige Blick des Indianerjungen passte nicht zu der Anklage, die gegen ihn erhoben wurde.
»Sie könnten womöglich recht haben«, sagte er widerstrebend. »Der Ordnung halber wollen wir ihn vorläufig hierbehalten.« Er schwenkte seinen Lederhandschuh von rechts nach links. Ein Wachsoldat kam angelaufen und Holland deutete auf Chuka. »Schafft mir den Burschen da in den Zellenblock.«
Chuka sah die Wache auf sich zukommen. Für den Bruchteil einer Sekunde richteten sich seine Augen auf das nahe, offene Tor. Schon spannten sich seine Muskeln zum Sprung, als er Jennys erschrockenen, tränenerfüllten Augen begegnete. Da wusste er, dass er nicht fliehen konnte – nicht ohne sie und nicht ohne Flammender Stern, seinen Schutzgeist. Ein tiefer Atemzug hob seine Brust, während der Wachsoldat sein Gewehr auf ihn richtete.
»Komm mit«, sagte er mit schiefem Grinsen. »Aber schön brav und ohne deine Indianertricks, nicht wahr, mein Junge?« Er bohrte ihm die Gewehrmündung in die Rippen. »Vorwärts! Nur eine kleine Bewegung und du wirst sehen, dass mein Finger federleicht am Drücker liegt.«
»Chuka ist unschuldig«, schrie Jenny. »Ich war es, die ihn mit ins Fort nahm.« Ihre Worte waren an Major Holland gerichtet, der unbehaglich zur Seite sah.
»Jenny, wir sind im Krieg«, sagte er müde. »Ich fürchte, dein Vater hat dieser Tatsache nie genug Rechnung getragen.«
Immer noch an den Hengst gelehnt, dessen nervöses Muskelspiel sie spürte, sah Jenny voller Verzweiflung, wie Chuka ab-

geführt wurde. Die Umstehenden nickten befriedigt und Crosh setzte sein dreckigstes Lächeln auf.
»Wir danken Ihnen. In der gegenwärtigen Lage kann man nicht vorsichtig genug sein. Und jetzt bitte ich Sie, mir zu gestatten, das Pferd in meinen Besitz zu nehmen.«
Ein ärgerliches Zucken ging über das Gesicht des Majors. Sein schlechtes Gewissen Jenny gegenüber regte ihn schon genug auf. Die Umstände verlangten von ihm, dass er den Raufbold schonte, aber der sollte es nicht auf die Spitze treiben. Außerdem war er der Meinung, dass er mit der Festnahme Chukas den Leuten vorläufig genug entgegengekommen war.
»Gentleman«, sagte er schroff, »ich werde mich mit Ihrem Problem befassen, sobald ich eine freie Minute habe. Im Augenblick interessieren mich vor allem die zweitausend Apachen, die nach neuesten Berichten das Fort umzingeln.«
»Hol sie der Teufel, von mir aus können es zehntausend sein, die auf der Lauer liegen«, sagte Crosh zornig. »Ich will jetzt das Pferd. Das Tier ist mein Eigentum: Ich habe Beweise.«
»Die können Sie mir morgen erbringen, falls das Fort bis dahin noch steht.« Holland versuchte, seine Gereiztheit zu unterdrücken, weil er wusste, dass sein Widersacher am längeren Hebel saß. »Inzwischen soll der Hengst erst mal untergestellt und versorgt werden.« Er betrachtete Flammender Stern mit Kennerblick. »Gebt ihm eine Einzelbox«, sagte er zu einem Korporal, »sonst bringt er uns noch die anderen Pferde um.«
Crosh schmiss seine Zigarette auf den Boden und sah Holland lange und kalt an.
»Das werden Sie noch bereuen, Major.«
»Fassen Sie sich in Geduld, Crosh.« Hollands Stimme klang scharf. »Und lassen Sie das Mädchen gefälligst in Ruhe. Habe ich mich deutlich genug ausgedrückt?«
Crosh bewegte die Finger. Seine Zungenspitze fuhr über die Lippen, während er Jenny betrachtete und langsam nickte.
»Ja, das haben Sie, Major«, sagte er, ohne den Blick von ihr zu

wenden. »Und Sie können sich darauf gefasst machen, dass ich Ihnen das nicht so schnell vergesse.«
»Sie sollten sich lieber darauf vorbereiten, dass Sie in den nächsten vierundzwanzig Stunden Ihren Haarschopf verteidigen müssen«, sagte Holland. »Und jetzt, Gentleman, wenn Sie mich bitte entschuldigen würden, ich habe zu tun.« Er gab dem Korporal den Befehl, das Pferd wegzuführen, salutierte und ging davon. Der Korporal wollte Flammender Stern am Zügel nehmen. Doch der Hengst ließ ein raues Schnauben hören und wich nervös zur Seite. »Er lässt sich von niemandem anrühren«, sagte Jenny. »Es ist besser, ich bringe ihn selbst in den Stall.«
Die Leute sahen verwundert zu, wie der große schwarze Hengst den Kopf neigte, sodass seine Stirnlocke Jennys Gesicht streifte. Sein bösartiges Schnauben verwandelte sich in zärtliches Wiehern und er ließ sich gehorsam wie ein Hund von dem Mädchen führen. Doch kaum waren sie drei Schritte gegangen, als Croshs Stimme sie auf der Stelle bannte.
»Vergiss nicht, Kleine, das Pferd gehört mir.«
Sein Ton war hart und kalt wie das Klicken eines Abzughahnes. Jenny sah ihm fest in die erbarmungslosen wasserblauen Augen.
»Das Pferd gehört dem, der es am meisten liebt.«
Als sie sich abwandte, fiel abermals ihr Blick auf die schwarz gekleidete Frau. Es schien ihr, dass ein warmes, verstehendes Lächeln über die dünnen Lippen glitt, und ohne zu wissen, warum, fühlte Jenny sich beruhigt.

17. Kapitel

Der Korporal führte Jenny zu den Stallungen. Es gab einige Reihen von Gemeinschaftsboxen, denen ein Geräteraum angeschlossen war. Dann kam ein Veterinärstall, wo sich ein Maulesel mit aufgeschürftem Rücken an die Wand drückte. Dahinter lag der Raum des Stallsergeanten. Dieser, ein gedrungener, krummbeiniger Mann, hörte sich kurz die Erklärungen des Korporals an, warf einen prüfenden Blick auf Flammender Stern und führte ihn in eine große Einzelbox. Jenny band den Hengst dort an. Der Korporal brachte einen Futtersack voller Hafer. Flammender Stern war es nicht gewohnt, aus einem Futtersack zu fressen, und bockte. Jenny beruhigte ihn und hielt ihm den Hafer auf der offenen Hand hin. Der Stallsergeant schnalzte anerkennend mit der Zunge.

»Erstaunlich, wie die kleine Lady den großen schwarzen Teufel da zu nehmen weiß.«

»Das Tier scheint Frank Crosh zu gehören«, sagte der Korporal.

»Dem Schieläugigen aus Phoenix?« Der Stallsergeant verzog den Mund. »Schade um den schönen Hengst.«

Jenny sah den Stallsergeanten flehend an.

»Ich ... ich würde gerne hier bei dem Pferd bleiben.« Die Männer tauschten einen Blick, wobei der Korporal errötete.

»Tut mir leid, Miss. Ich kann die Verantwortung nicht übernehmen. Die Stallungen gehören zur Militäranlage. Zivilisten sind nicht zugelassen.«

Jenny senkte den Kopf. Als Flammender Stern den Hafer gefressen hatte, berührte er mit den Lippen die Wange des Mädchens und beschnupperte ihr Haar. Jenny wandte sich um und folgte dem Korporal nach draußen. Die Sonne war inzwischen ganz untergegangen. Der Himmel leuchtete wie gelbgrünes Kupfer. Jenny lehnte sich an die Stallwand und verschränkte fröstelnd

die Arme. Die Tränen liefen ihr übers Gesicht, ohne dass sie versuchte, sie abzuwischen. Ihr war sterbenselend zumute.
Plötzlich fühlte sie eine Hand auf ihrer Schulter. Sie straffte sich und blickte zur Seite. Die welke, runzelige Hand gehörte der alten Frau, die sie kurz zuvor unter den Zuschauern bemerkt hatte.
»Komm, Kind. Du hast sicher Hunger.«
Jenny betrachtete die Frau. Etwas an ihrem Blick und an ihrer sanften, belegten Stimme erinnerte sie an Nita.
»Komm«, wiederholte sie freundlich. »Die Frauen geben in der Küche warmes Essen aus.«
Jenny richtete sich auf und folgte ihr schweigend. Die Fenster der Kompanieküche waren schwach erleuchtet. Einige Frauen kochten, während Soldaten an den Tischen saßen. Sie aßen langsam und ohne zu sprechen und mit jener Achtlosigkeit gegenüber Tischsitten, die sich die Männer an den Lagerfeuern schnell angewöhnen. Die Frau wies Jenny einen Platz an einem Tischende zu. Sie hantierte einen Augenblick am Herd und kam dann mit einem Teller Suppe und einer Kaffeekanne zurück. Beides stellte sie vor Jenny hin und setzte sich ihr gegenüber.
»Nun iss«, sagte sie. »Etwas Warmes wird dir guttun.«
»Ich kann nichts essen«, sagte Jenny, »mein Magen ist ganz verkrampft.«
»Der Mensch muss essen, auch wenn die Suppe nicht schmeckt«, sagte die Frau trocken. Sie goss Jenny Kaffee ein und fuhr gelassen fort:
»Ich kann gut nachfühlen, was du empfindest. Ich bin mit meinem Mann und meiner Tochter ausgewandert, um den Verfolgungen in Europa zu entgehen. Wir dachten, dass dort, wo ein neues Land geboren wird und neue Gesetze geschaffen werden, alles anders ist.«
Sie ließ einen glucksenden Laut hören.
»In Wirklichkeit aber ist hier überhaupt nichts anders, weil die Menschen überall die gleichen sind. Die Berge sind höher, die Wälder tiefer und die Flüsse breiter. Doch Geld ist Geld und

Macht ist Macht. Durchtriebenen Schurken gelingt es, das Schicksal ehrlicher Leute zu bestimmen. Es gibt jedoch ein Mittel, sich dagegen aufzulehnen . . .«
»Es gibt ein Mittel?« Ohne es zu merken, begann Jenny, ihre Suppe zu löffeln.
»Du musst dir zwei grundsätzliche Wahrheiten einprägen: Erstens, der Mensch ist nicht dazu da, über die Erde zu herrschen, und zweitens, die Frau ist nicht dazu da, dem Mann unterworfen zu sein.«
Sie lächelte und ihre schwarzen Augen blitzten fast schalkhaft. »Wenn du das im Gedächtnis behältst, wirst du dich dein Leben lang frei fühlen.« Unwillkürlich lächelte Jenny zurück und fühlte sich für einen Augenblick wieder leicht und unbeschwert.
»Ich werde es nicht vergessen.«
Die alte Frau nickte zufrieden. Doch als sie die Kanne nahm und wieder aufstand, erlosch ihr Lächeln.
»Gib acht«, sagte sie eindringlich. »Es wird eine lange Nacht werden und viele werden den morgigen Tag nicht erleben. Du aber . . . nütze deine Chance.«
Sie berührte flüchtig Jennys Hand und ging dann weiter, um den Männern Kaffee einzuschenken. Jenny löffelte ihre Suppe aus. Einige Minuten später stand sie auf und suchte die Frau, um ihr zu danken, aber die war verschwunden. Und obgleich Jenny eine seltsame, fast schmerzliche Leere empfand, war ihr Herz von Zuversicht erfüllt.
Als sie aus der Küche trat, war es stockfinster. Die Sterne blinkten hart und weiß am Himmel. Auf dem Palisadenumgang gingen die Wachtposten auf und ab. Niemand achtete auf Jenny, als sie sich dem Gefängnisgebäude näherte. Im Wachlokal brannte Licht. Der Wachsoldat stocherte in seinen Zähnen herum. Jenny trat ganz nahe an die halb offene Tür heran. Im Schein der Petroleumlampe sah sie die Schlüssel zu den Zellen an einem Ring über dem Schreibtisch hängen. Ihr Herz begann, heftig zu klopfen. Sie hoffte, dass es ihr gelingen würde, Chuka zu befreien. Aber sie musste noch warten . . . Der Wachsoldat

schien ihre Gegenwart zu spüren, denn plötzlich wandte er sich um. Rasch und lautlos wich Jenny zurück. Mit katzenhaft leisen Schritten ging sie um das Gefängnis herum und kauerte sich im Schatten des Palisadenzauns nieder. Sie spürte nicht die Kälte, die aus dem Sandboden aufstieg. Ihr Blick war auf den Nebelstrom der Milchstraße gerichtet, der sich über die ganze Breite des Himmels schwang. Jenny saß ganz still; ihr Atem ging ruhiger. Sie dachte: Die Erde ist auch ein Stern, und dieser Gedanke gab ihr Trost. Ganz plötzlich fielen ihr die Augen zu. Sie schlief ein.

Der Überfall auf das Fort begann zwei Stunden vor Tagesanbruch. Ein aufgeregtes Durcheinander auf der Nordpalisade riss Jenny aus dem Schlaf. Schon fielen die ersten Schüsse und in der Nähe des Forts war ein Geheul zu vernehmen, das sich zu einem ohrenbetäubenden Kreischen steigerte. Das Echo der Schüsse war noch nicht verhallt, als das Fort zu voller Aktivität erwachte. Die Sergeanten brüllten ein Durcheinander von Befehlen, Soldaten stürzten schläfrig, halb bewaffnet und verwirrt aus den Baracken. Frauen, Kinder und alte Leute versammelten sich in den Schlafräumen. Die einzelnen Abteilungen stellten sich auf und bezogen ihre Posten, während das Stampfen und Wiehern der Pferde aus den Stallungen drang.

Hinter einem Planwagen versteckt, sah Jenny, wie Major Holland und sein Offiziersstab aus der Kommandantur traten. Major Holland hatte seinen Säbel umgegürtet. Sie kletterten die Leiter am Palisadenzaun hinauf und spähten durch die Schießscharten. Der Wind trug Jenny ihre aufgeregten Stimmen herüber.

»Sie haben uns ganz schön in der Zange. Wenn wir sie nicht aufhalten, werden sie in fünf Minuten über die Palisaden kommen.«

»Verdammt. Dann sind wir erledigt.«

»Noch ist nicht alle Hoffnung verloren.« Hollands Stimme klang gefasst. »Fort Ralston hat zurückdepeschiert. Major Benson befindet sich mit zweihundert Reitern knapp zwei Stunden

von hier und hinter ihm folgt Colonel Ward mit seiner Einheit. Wenn wir das Fort bis Sonnenaufgang halten, haben wir die Chance, unsere Skalps noch einmal zu retten.«
Jenny, die sich am Palisadenzaun entlangtastete, entdeckte plötzlich eine Ritze zwischen den Balken, groß genug, um hindurchzuspähen. Was sie sah, verschlug ihr fast den Atem. Der erste Schein der Dämmerung lag über der Wüste. Im fahlen Grau des anbrechenden Tages näherten sich die Indianer dem Fort. Sie ritten weit schwärmend und bildeten eine riesige, gebogene Sichel. Viele hatten Pechfackeln bei sich, mit denen sie ihre Pfeile in Brand setzen würden.
Hollands Stimme war von oben her ganz deutlich zu vernehmen.
»Schauen Sie sich das nur mal an. Da werden wir gleich was erleben!«
Er hatte kaum zu Ende gesprochen, als ein schriller, lang gedehnter Schrei die atemlose Stille brach. Der Donner der Pferdehufe rollte wie ein Trommelfeuer durch das Tal. Gleichzeitig sonderten sich zwei Trupps von der Hauptmacht ab und ritten wild schießend um das Fort herum.
»Feuer frei«, brüllte Major Holland.
Die Salve krachte und dann folgte von allen Seiten ein knatterndes Einzelfeuer. Die Karabiner trafen genau und die Männer hinter den Schießscharten waren erfahrene Schützen. Mehrere Mustangs stürzten wiehernd und um sich schlagend zu Boden. Andere Apachen brausten über das schreiende, wirbelnde Knäuel der gestürzten Reiter hinweg, stürmten an die Palisaden heran und schossen ihre brennenden Pfeile ab, bevor sie ihre Pferde herumrissen und nach rechts und links ins offene Tal zurückjagten. Im hohen Bogen durchschnitten die brennenden Pfeile die Dämmerung, senkten sich wie Sternschnuppen auf Dächer und Palisaden. Funken sprühten über das Holz, Flammen züngelten auf, Rauchfahnen wirbelten empor. Ein herber, ekelerregender Geruch breitete sich aus. Soldaten und Zivilisten liefen mit Eimern hin und her, andere bildeten eine Kette,

um das Feuer zu löschen. Von allen Palisadenzäunen zielten die Gewehrsalven in die Masse der angreifenden Indianer.
»Zum Teufel, was machst du denn hier?«
Ein Soldat, grau im Gesicht, kam mit einem Karabiner angerannt. Jenny drückte sich gegen die Wand, doch der Soldat packte sie, stieß sie rau vor sich her.
»Weg von der Palisade. Herunter auf den Boden . . . verdammt.«
Plötzlich verzerrte sich sein Gesicht. Er ließ seinen Karabiner fallen und sank in die Knie. Jenny sah einen Pfeil in seinem Rücken stecken. Der Mann kippte nach vorn, stürzte auf die Seite und blieb liegen.
Jennys Herz hämmerte gegen die Rippen. Einige Atemzüge lang starrte sie auf den Toten, dann bückte sie sich und hob seinen Karabiner auf. Sie hatte noch nie einen Karabiner in den Händen gehalten, aber sie wusste, wie man damit umging. Niemand beachtete sie, als sie auf den Gefängnisbau zulief. Der Wachraum war leer. Jeder Mann im Fort wurde zur Verteidigung an den Palisaden gebraucht. Der Schlüssel zu den Zellen hing noch an der gleichen Stelle. Jenny hob ihn vom Ring ab. Ihre tastenden Finger fanden das Schloss. Sie drehte den Schlüssel. Die eiserne Tür ging quietschend auf. Vor ihr lag ein Gang mit vier Zellen. Drei davon waren leer.
»Chuka?«, rief sie leise.
Sie hörte eine Bewegung. Im blassen Licht, das durch das Viereck der offenen Tür fiel, konnte sie Chukas Hände zwischen den Gitterstäben erkennen und das Weiße seiner Augen sehen. Auch er hatte die Schüsse von draußen gehört.
»Die Apachen?«, fragte er atemlos. Sie nickte, während sie hastig versuchte, den Schlüssel im Schloss zu drehen. Doch der Schlüssel passte nicht. Jenny schüttelte ärgerlich den Kopf. Der Wachsoldat musste den Schlüssel zu den einzelnen Zellen bei sich tragen.
»Geh zur Seite«, sagte sie. Chuka wich zurück und presste sich an die Wand. Jenny richtete den Karabiner auf das Schloss und drückte ab. Der Schuss hallte dumpf durch den leeren Bau. Die

Tür sprang eine Handbreit auf und Chuka zwängte sich durch den Spalt. Ihre Ohren dröhnten, sie husteten vom Pulvergeruch, als sie durch den Wachraum liefen. Draußen war das Gefecht in vollem Gange. Stickiger Brandgeruch lastete über dem Fort. Einige Apachen waren bereits bis an die Palisaden herangekommen. Sie führten Seile mit sich, die mit Widerhaken versehen waren. Geschickt und blitzschnell wurden diese Seile in die Höhe geworfen, wo sie an den Pfählen hängen blieben. Die Indianer zogen sich mit größter Behändigkeit an ihnen empor. Einigen war es schon gelungen, über die Palisaden zu klettern. Die Luft war vom Kampfgeschrei und vom ständigen Donnern der Schüsse erfüllt. Jenny und Chuka sahen sich an, sie hatten die gleiche Verzweiflung in den Augen. Wie sollten sie nur dieser Falle entkommen?
Plötzlich stieß Jenny einen Schrei aus. Die brennenden Pfeile hatten die Stallungen getroffen: Das Dach fing Feuer. Sie rannten auf die Stallungen zu. Die Soldaten waren schon dabei, die Pferde und Maultiere aus den Boxen zu zerren. Andere versuchten, den Brand zu löschen, aber die Flammen griffen um sich. Jenny und Chuka liefen voller Angst im Gedränge hin und her. Wo war der Hengst? Jenny packte verzweifelt Chukas Handgelenk. Ihre Nägel gruben sich in seine Haut, ihre Stimme überschlug sich. »Sie haben ihn in einer Einzelbox angebunden. Die Soldaten haben ihn vergessen oder wissen überhaupt nicht, dass er da ist.«
Die Männer quälten sich mit den Pferden ab, die in panischer Angst ausschlugen und zur Seite sprangen. Jenny wollte in das Gebäude stürzen. Ein Soldat mit rußgeschwärztem Gesicht brüllte sie an und stieß sie heftig zurück.
»Aufpassen. Weg da. Du kannst hier nicht durch.« Jennys Gesicht glühte vor Hitze. Sie hustete, die Nase lief, ihre Augen füllten sich mit Tränen. Sie musste den Hengst retten, aber wie? Chuka packte sie an den Schultern und riss sie zurück.
»Warte, ich hole ihn.«
Panik erfasste sie. »Das wirst du nicht schaffen.«
»Er ist mein Bruder«, schrie Chuka. Halb betäubt vor Entsetzen

sah Jenny, wie er an den Soldaten vorbeirannte. Einer versuchte, ihm den Weg zu versperren. Chuka schlug einen Haken wie ein Hase und tauchte in den bläulichen Rauch ein.

Beißender Qualm machte sich in den Stallungen bemerkbar. Hier und da brannte schon das Stroh, doch durch die Fenster kam ein Luftzug, der den Rauch verteilte. Chukas Blick fiel auf ein Halstuch am Boden, das ein Soldat verloren hatte. Er hob das Tuch auf, knotete es sich hastig um Mund und Nase. Die meisten Pferde waren schon hinausgeschafft worden, aber Chuka begegnete noch einem Mann, der zwei wild ausschlagende Füllen mit sich zerrte. Chuka drückte sich an die Wand, um die Tiere vorbeizulassen. Der Soldat hatte ihn nicht bemerkt. Chuka rannte weiter. Er kam durch den Geräteraum, dann durch den Wachraum der Stallsergeanten. Hier war der Rauch noch kaum zu spüren. Durch den Lärm, der von draußen hereindrang, hörte Chuka plötzlich ein schrilles, angstvolles Wiehern. Es kam aus nächster Nähe. Chuka bemerkte eine Tür, die zu den Einzelboxen führte. Vor Erleichterung brach ihm der Schweiß aus, als er Flammender Stern mit gespreizten Beinen und wild rollenden Augen in einer Box stehen sah. Seine Zähne waren entblößt, die Ohren angelegt. Das Tier spürte die Gefahr und versuchte vergeblich, sich loszureißen. Behände kroch Chuka unter der Stange durch, die die Box teilte, und band das Pferd los.

»Komm«, keuchte er.

Flammender Stern hinter sich herziehend, trat er auf die Tür zu. Plötzlich ertönten ein Zischen, ein Krachen und Bersten: Eine blaue Rauchwolke, durchsetzt mit Funken, stieg auf. Chuka wich zurück. Sein Herz klopfte zum Zerspringen. Ein Teil des Holzdaches war eingestürzt und schnitt ihnen den Weg ab. Das Feuer griff im vorderen Raum schnell um sich. Die Hitze schlug ihm in stickigen Wellen entgegen. Der Rauch wurde dichter, die Flammen fraßen sich rasch durch das Holz. Hustend drängte sich Chuka an die klebrige Flanke des Hengstes. Sie riskierten, bei lebendigem Leibe zu verbrennen. Er kämpfte gegen die Panik an. Wenn ihm doch bloß ein klarer Gedanke kommen woll-

te! Einen Durchbruch versuchen? Aber nein, er würde es nicht schaffen. Nicht mit dem Pferd ... Das Fenster? Ja, das war eine Möglichkeit: Er konnte die Scheiben zerschlagen und entkommen. Aber dann musste er das Pferd seinem Schicksal überlassen. Chuka biss sich die Lippen blutig. Was tun? Auf einmal hatte er eine Idee. Die Stallwand war aus Brettern gezimmert. Vielleicht war der Hengst stark genug, sie mit den Hufen einzuschlagen? Aber wie konnte er Flammender Stern dazu bringen? Mit aller Kraft stemmte sich Chuka an die breite Brust des Pferdes und drängte ihn rückwärts gegen die Stallwand.
»Schlag zu!«, keuchte er. »Mach uns den Weg frei! Sonst sind wir beide verloren ...«
Und das Wunder geschah: Flammender Stern begriff, was von ihm erwartet wurde. Er spannte die Hals- und Rückenmuskeln, stemmte sich mit den Vorderhufen fest, während seine Hinterhufe mit aller Gewalt gegen die Stallwand schlugen. Chuka sah die Planken erzittern und schöpfte neue Hoffnung.
»Noch einmal!«, schrie er. »Streng dich an! Wir werden es schaffen!« Gelber Speichel floss aus dem Maul des Hengstes. Wieder und wieder hämmerten seine Hufe wie Keulenschläge gegen die Bretter. Der Rauch wurde dichter. Chukas Atem rasselte. Ihm war, als brenne das Feuer auch in seiner eigenen Brust. Noch einmal sammelte das erschöpfte Tier seine Kräfte und schlug so fest gegen das Holz, dass eine Planke mit splitterndem Krachen zerbarst. Im selben Augenblick entdeckte Chuka in einer Ecke einen Spaten. Er packte ihn und schlug gegen die Bretter, bis sie sich lösten. Jetzt hätte er hindurchgepasst, doch die Öffnung war für das Pferd nicht groß genug. Auf einmal wurden hinter der Wand aufgeregte Stimmen laut. Die Männer hatten das eingeschlossene Tier bemerkt. Mit Äxten und Karabinerkolben schlugen sie weitere Bretter los. Die Hitze wurde unerträglich, schon brannte das Stroh und die Flammen leckten die Wände, als es Chuka endlich gelang, den Hengst ins Freie zu ziehen. Halb erstickt, am Ende seiner Kraft, brach das Pferd durch die Stallwand. Rauch und glühende Funken wirbelten

hinter ihm auf. Chukas Lungen füllten sich wieder mit Luft. Er atmete wie ein Ertrinkender, stolperte und fiel auf die Knie. Alles wurde schwarz vor seinen Augen.
»Chuka! Schnell! Weg von hier!« Jennys Stimme riss ihn aus seiner Benommenheit. Sie half ihm auf die Beine, stützte ihn und führte ihn von der Stallwand weg, wo jetzt die Flammen knisternd und brausend loderten. Flammender Stern war nicht unverletzt davongekommen: Blutige Hautfetzen hingen an seinen Fesseln. Schweiß und Blut liefen in klebrigen Rinnen über seine Flanken.
Das Pferd mit sich ziehend, hasteten sie verstört weiter. Das Lärmen des Feuers, das zu einem dumpfen Prasseln anschwoll, erstickte alle anderen Geräusche. Doch plötzlich hob Chuka den Kopf und lauschte.
»Hör doch mal, was ist das?«
Jenny lauschte ebenfalls und traute ihren Ohren nicht. War sie von Sinnen oder blies da wirklich eine Trompete? Auf einmal ging ihr ein Licht auf. Ihr Herz klopfte in wilder Hoffnung.
»Das sind die Verstärkungstruppen. Jetzt werden sie die Tore öffnen.«
Sie spähten durch eine Ritze im Holz, gerade rechtzeitig, um einige Hundert blau uniformierteMänner auf die Indianer losstürmen zu sehen. Als die Abteilung mit gezückten Säbeln die Apachen angriff, bog ein Teil der Indianer in weitem Bogen ab, sodass sich die ganze Schlachtlinie talabwärts nach Süden verlegte.
»Sie ergreifen die Flucht«, sagte Chuka halblaut, ohne dass Jenny herausfinden konnte, welche Gefühle diese Feststellung in ihm weckte. Die Truppe nahm mit fliegenden Wimpeln und Trompetengeschmetter die Verfolgung auf, als ein Ruf von der Palisade gellte:
»Da sind sie wieder. Sie kommen durch das Tal zurück.«
Die Staubwolke, die unter den galoppierenden Indianerpferden aufwirbelte, war deutlich zu sehen. An der Spitze der Indianer ritt ein hochgewachsener Krieger, dessen rotes Stirnband in der aufgehenden Sonne leuchtete.

»Das ist Lupe«, flüsterte Chuka. »Er greift erneut an ...« Der Überraschungsvorstoß war jedoch für die Apachen nur von geringem Vorteil, denn die Armeetruppen formierten sich sofort zum Gegenschlag. Die Indianer vermochten ihrem Angriff nicht standzuhalten. Die Reihen brachen wieder auseinander und diesmal endgültig. Lupe setzte zum letzten Mal mit dreißig oder vierzig Kriegern zum Sturm an, aber er schwenkte vor dem Zusammenprall scharf ab. Die Indianer zogen sich bis an die Hügel zurück. Sie ließen ihre Pferde kreisen und schienen sich zu beraten. Aber schon wurde im Osten eine hohe Staubwolke sichtbar: Es waren die restlichen Reservetruppen, die heranrückten. Die Apachen schienen zu zögern, dann lief ein geheimnisvolles Signal durch die Reihen der Krieger. Die ganze Horde setzte sich in Bewegung und floh. Sie schleppten ihre Toten und Verwundeten mit, außer jenen, die beim Ansturm auf die Palisaden ihr Leben verloren hatten. Eine Weile später erreichten die Reservetruppen das Fort. Die Verpflegungs- und Munitionswagen, mit trabenden Pferden bespannt, rollten in einer Staubfahne hinterher. Die Männer auf den Palisaden jubelten und schwenkten ihre Gewehre. Frauen und Kinder stürzten aus den Baracken. Die Torflügel schwenkten auf. Im goldroten Sonnenlicht ritten die Truppen Staub aufwirbelnd in das Fort ein. Major Benson, der die Einheit anführte, brachte seinen Rappen in einer kunstvollen Parade vor Major Holland zum Stehen und salutierte mit dem Degen. Holland erwiderte den Gruß mit seiner behandschuhten Linken: Seine rechte Hand war mit einem blutbefleckten Verband umwickelt. Jetzt hielt er eine kurze Ansprache, lobte den Mut und die Tapferkeit seiner Soldaten, die Kühnheit der Verstärkungstruppen und schloss seinen Dank für Major Benson an. Eine kurze atemlose Stille folgte, dann brach der Jubel los. Die Männer warfen ihre Hüte in die Luft, die Frauen winkten und klatschten.

»Jetzt«, flüsterte Jenny.

Chuka verschränkte die Hände und half Jenny aufzusitzen. Sie ergriff die Zügel, während der Indianerjunge mit einem Satz hinter ihr auf dem Pferderücken landete. Eine Sekunde lang saß Jenny unbeweglich da, wie um ihre Kräfte zu sammeln. Dann biss sie die Zähne aufeinander und grub die Fersen in die Flanken des Pferdes. Sie spürte, wie der Hengst die eisenharten Muskeln spannte, dann schnellte er schon vorwärts. Er streifte einen Soldaten, der sich ihm entgegenstellen wollte, und raste in vollem Galopp über das Exerzierfeld, dem Tor entgegen. Stimmengewirr brandete ihnen entgegen. Chuka und Jenny sahen, wie Crosh sich durch ein aufgeregtes Menschenknäuel schob. Er warf beide Arme in die Luft und versuchte, dem Hengst den Weg abzuschneiden. Flammender Stern brach so wild zur Seite aus, dass Jenny fast zu Boden geschleudert wurde. Crosh wollte die Zügel packen. Da richtete Flammender Stern sich auf und wieherte schrill. Seine Augen flackerten. Der Schweif peitschte den Sand, die Hufe wirbelten durch die Luft, verfehlten um Haaresbreite Croshs wutverzerrtes Gesicht. Schon fiel der Hengst auf die Vorderhufe zurück, raste pfeilschnell an den Soldaten vorbei, die wie angewurzelt dastanden.

»Das Tor. Schließt das Tor«, brüllte Crosh in höchster Erregung.

Zwei Wachen stemmten ihre Schultern gegen die Flügel, doch Flammender Stern war schneller: In letzter Sekunde, bevor das Tor sich schloss, schoss er wie ein Pfeil durch die Öffnung. Und als die Soldaten schreiend zusammenliefen, raste das Pferd schon über die Ebene. Einige Atemzüge lang stand Crosh wie versteinert und starrte dem davonjagenden Hengst nach. Seine Augen funkelten wild und sein dunkles Gesicht war gerötet. Dann stieß er einen Fluch aus, warf sein Gewehr über die Schulter und lief erstaunlich schnell auf einen großen braunen Wallach zu. Er schwang sich in den Sattel, bohrte dem Tier die Sporen in die Flanken. Der Wallach streckte den Rumpf und sprengte durch das Tor. Crosh lockerte die Zügel und gab dem Tier den Kopf frei. Mit halsbrecherischer Geschwindigkeit donnerte der Wallach über den Sand. Nach mexikanischer Art hing eine Peitsche am Sattelschuh unter Croshs Knie. Der Mann schwang sie durch die Luft. Allein der Ton genügte: Der Wallach, der sich vor der Peitsche fürchtete, galoppierte noch schneller. Crosh zeigte grinsend seine weißen Zähne. Die Kleine würde er schon einholen und diesmal würde sie sich wundern. Er berührte mit der Spitze des Riemens die Flanken seines Pferdes. Immer wilder, immer ungestümer wurde der Galopp. Crosh sah die Gestalt des fliehenden Hengstes zwischen den Felsbrocken auftauchen und wieder verschwinden. Und obgleich sein Verstand ihm hätte sagen müssen, dass es fünf Meilen im Umkreis von feindlichen Indianern wimmelte, war er nur von dem Gedanken besessen, das Pferd einzuholen. Blind vor Wut, grub er die Sporen wieder und wieder in die blutenden Flanken seines Tieres. Und der Wallach, von Schmerz und Furcht getrieben, übertraf sich selbst: Er schien mit seinen hämmernden Hufen den Boden kaum noch zu berühren.

18. Kapitel

Chuka und Jenny hatten längst gemerkt, dass sie verfolgt wurden, doch sie vertrauten auf die Schnelligkeit des Hengstes. So stark waren seine Kräfte, dass er die beiden Reiter und seine zahlreichen Wunden kaum zu spüren schien. Doch sein Fell dampfte und dicke Schaumflocken lösten sich von seinen Nüstern.

Auf einmal sah Jenny vor sich auf dem Hügelkamm die Gestalt eines einzelnen Reiters. Sein rotes Stirnband war trotz der Entfernung deutlich zu erkennen. Jenny spürte, wie lähmendes Entsetzen in ihr aufstieg. Sie hatte eine Chance gehabt, Crosh zu entkommen, aber Lupe würde sie nicht abschütteln können.

Oben auf dem Hügel hob der Häuptling den Arm. Sein Speer blitzte in der Sonne. Gleichzeitig ertönte ein gellender, lang gezogener Ruf. Und kaum war das Echo dieses Rufes verklungen, als eine Reiterfront wie eine Meereswoge über den Hang flutete. Der Boden erzitterte unter dem Aufschlagen der unzähligen Hufe. Jenny stieß einen kurzen, verzweifelten Schrei aus. Sie riss den Hengst auf der Hinterhand herum, jagte ihn in die andere Richtung. Eine Gewehrsalve krachte; sie hörten die Kugeln pfeifen. Doch plötzlich trat Stille ein. Als Jenny und Chuka einen Blick über ihre Schultern warfen, sahen sie, dass die Apachen angehalten hatten. Nur ein einziger Reiter jagte ihnen mit selbstmörderischer Geschwindigkeit nach: Es war Lupe. Seine scharfen Augen hatten Chuka erkannt. Er wusste, dass er den Sohn der Medizinfrau schonen musste. Aber er wollte das Pferd. Er hatte auch den Weißen gesehen, der in kurzer Entfernung den Hengst verfolgte. Lupe ahnte, was der Mann wollte, und verzog geringschätzig die Lippen. Der Narr würde ihm nicht entkommen. Er hatte seinen Kriegern befohlen, das Feuer einzustellen: Er wollte dem Weißen keinen schnellen Tod ge-

währen. Die Apachen hatten eine schwere Niederlage erlitten und viele Tote waren zu beklagen. Der eine da sollte langsam sterben, um für alle anderen zu büßen. Jenny spürte, wie Flammender Stern am ganzen Körper zitterte. Wie lange würde er wohl noch durchhalten? Plötzlich hörte sie Chukas aufgeregte, atemlose Stimme:
»Jenny . . . wir reiten auf die Rote Schlucht zu.«
Das Blut gefror Jenny in den Adern. Zu spät merkte sie ihren verhängnisvollen Irrtum. Als sie vorhin die Richtung wechselte, hatte sie nicht mehr an die Rote Schlucht gedacht, die sich wie der Einschnitt eines riesigen Säbelhiebes durch die Ebene zog. Vor Tausenden von Jahren musste bei einem Erdbeben diese mehr als hundert Meter tiefe Kluft entstanden sein. Jennys Atem flog. Der Weg war ihnen abgeschnitten. Nie würde Flammender Stern dieses Hindernis überwinden. Es blieb ihr auch keine Zeit mehr, die Richtung zu ändern; ihre Verfolger kamen immer näher. Wieder krachte ein Schuss und dann ein weiterer. Crosh ballerte drauflos. Er musste gemerkt haben, dass sie auf die Schlucht zujagten, und wollte das Pferd um jeden Preis retten. Alles wickelte sich jetzt in höllischem Tempo ab. Crosh warf seine leeren Colts weg, zerrte sein Gewehr von der Schulter und zielte. Jenny hörte einen Schuss und spürte einen brennenden Schmerz im rechten Arm. Als sie instinktiv nach der Wunde tastete, verlor sie das Gleichgewicht, kippte seitwärts vom Pferd und schlug hart auf dem Boden auf. Sterne kreisten vor ihren Augen, doch sie verlor nicht das Bewusstsein. Wie durch einen Nebel sah sie Chuka an den Zügeln reißen. Noch bevor der Hengst stand, ließ er sich zu Boden gleiten.
»Lauf«, schrie er. »Schütz dich selbst.«
Er gab dem Pferd einen Klaps auf die Hinterhand. Flammender Stern schnaubte heiser und sprang zur Seite. Chuka hob ein paar Steine auf und warf sie nach dem Tier.
»Vorwärts!«, brüllte Chuka. »Mach, dass du wegkommst!«
Flammender Stern blähte die Nüstern. Mit dumpfem Hufschlag setzte er sich in Bewegung. Chuka schleuderte ihm

noch einen Stein nach. Flammender Stern schwenkte ab und fiel in Galopp. Staub wirbelte unter seinen Hufen auf. Seine Mähne loderte wie dunkle Flammen. Er hatte jetzt nur noch einen kurzen Vorsprung. Chuka sah die beiden Reiter heranstürmen. Er lief auf Jenny zu, die benommen am Boden lag, und warf sich schützend über sie. Vielleicht musste er jetzt sterben, aber auch das war ihm gleichgültig. Doch die beiden Männer in ihrer Besessenheit hatten nur den Hengst im Sinn. Chuka schloss bebend die Augen, als sie von einem Hagel von Steinsplittern getroffen wurden, den die Hufe der vorbeigaloppierenden Pferde aufwirbelten. Fassungslos hob er den Kopf und half Jenny, sich aufzurichten. Der Arm des Mädchens blutete, aber sie beachtete die Wunde nicht. Ihre vor Schreck weit aufgerissenen Augen waren auf den Hengst gerichtet, der in langen Sätzen auf die Rote Schlucht zuraste. Lupe und Crosh galoppierten fast auf gleicher Höhe hinterher. Beide wussten, dass die Kluft, die sich wie eine ungeheure Narbe über die Ebene zog, dem Pferd den Weg versperrte. Crosh hatte seinen Hut verloren. Er kniff die Augen in der prallen Sonne fest zusammen, als er sein Gewehr auf den Indianer richtete. Lupe ließ sich auf die Seite seines Falben gleiten, sodass er durch den Körper seines Pferdes geschützt war. Crosh feuerte noch zwei Schüsse ab, dann war sein Magazin leer. Schon richtete Lupe sich auf, während er sein Pferd in vollem Galopp auf Croshs Wallach zulenkte. Er hob seinen Arm mit kraftvoller Gebärde. Der lange Speer mit der blinkenden Spitze flog durch die Luft. Er sirrte an Crosh vorbei und bohrte sich in den Sand. Und in dem Augenblick, da beide Pferde Seite an Seite stürmten, erreichte Flammender Stern den Rand der Schlucht. Ungläubig, fassungslos sahen Chuka und Jenny, wie sich der Hengst mit einem gewaltigen Sprung vom Boden löste und über die Schlucht setzte. Für den Bruchteil einer Sekunde schien er in einer Luftspiegelung zu fliegen. Dann ein harter Aufprall, ein Aufsprühen von Sand. Der Hengst erklomm die Böschung. Doch jetzt, da er vor seinen Verfolgern sicher war, versagten ihm die Kräfte. Er zitterte am ganzen Körper. Ein dumpfes Schnauben ließ seine Kehle und Flanken beben.

Jenny klammerte sich an Chuka.

»Hast du es gesehen?«, stammelte sie. »Hast du es gesehen?«

»Die Geister schützen ihn«, flüsterte der Indianerjunge mit bleichen Lippen.

Crosh und Lupe hatten ihre Pferde gezügelt. Sekundenlang starrten sie sich hasserfüllt an. Dann trieb Lupe seinen Falben gegen das sich aufbäumende Pferd des Weißen. Crosh nahm sein Gewehr als Keule und schwang es über seinem Kopf. Der Apache duckte sich vor der Waffe, packte den Weißen von hinten und riss ihn vom Pferd. In enger Umklammerung fielen sie zu Boden, doch es gelang Crosh, den Apachen zurückzustoßen. Nur knapp voneinander entfernt kamen beide gleichzeitig auf die Beine. Einige Atemzüge lang standen sie sich glühend vor Hass gegenüber, dann – wie auf Verabredung – griffen beide zur einzigen Waffe, die ihnen noch blieb: dem Messer. Zuerst duckte sich Crosh in Abwehrstellung und wartete auf Lupes Angriff, der ihn mit gleitenden Schritten umkreiste. Plötzlich schnellte der Apache vor. Crosh sah den blitzschnellen Bogen, den die Klinge beschrieb, bevor sie ihn von unten her traf. Er spürte, wie die Messerspitze sein Lederhemd aufschlitzte und eine rote Linie auf der Haut hinterließ, aus der Blut hervorquoll. Doch es gelang ihm, das Messer abzuwenden, während Lupe seinen Angriffsschwung in einer geschmeidigen Drehung auffing. Crosh versuchte einen Kniff, indem er geschickt sein Messer von der rechten Hand in die Linke hinüberwechselte, aber Lupe als erfahrener Kämpfer kannte den Trick. Er täuschte einen Rückzug vor, und als Crosh auf ihn losging, trat er mit aller Kraft gegen seine linke Hand. Crosh stieß ein Grunzen aus und öffnete die Finger: das Messer fiel in den Staub. Doch er warf sich sofort auf seinen Gegner und beide fielen zu Boden. Und während sie miteinander rangen und sich auf dem Boden wälzten, kamen sie dem Rand der Kluft immer näher. Crosh versuchte, sich zu befreien, und

packte Lupes Arm, der das Messer hielt. Er drehte den Arm so weit, bis der Ellbogen mit hässlichem Knacken aus dem Gelenk sprang. Das hübsche Gesicht des Indianers verzerrte sich vor Schmerz. Und in dem Augenblick, als er das Messer fallen ließ, rollten beide Männer, vom eigenen Schwung mitgerissen, über den Rand. Der Schrei, der ihren Sturz in den Abgrund begleitete, wurde vom Echo über die Ebene getragen. Er dehnte sich, dehnte sich endlos . . . und plötzlich kehrte wieder Stille ein. Das Sirren und Poltern vereinzelter Steine, die von Absatz zu Absatz in die Tiefe sprangen, war noch eine Weile zu hören. Dann verhallte auch dieses Geräusch und nur der Wind strich flüsternd über die Felsen.
Keuchend, nach Atem ringend, wandten Chuka und Jenny einander das Gesicht zu. Ihre Haut war schweißverklebt und das gleiche Entsetzen spiegelte sich in ihren Augen wider. Chuka schlang die Arme um das zitternde Mädchen, drückte sie so eng an sich, dass er das dumpfe Schlagen ihres Herzens vernahm.
»Es ist vorbei . . .«, flüsterte er. »Flammender Stern hat seine Feinde besiegt.«
Er nahm sie behutsam an den Schultern und zog sie hoch. Ihr Gesicht verzog sich schmerzvoll, sie presste die Hand auf ihre Verletzung. Die Kugel hatte den Arm nur gestreift. Die Wunde blutete stark, aber sie würde rasch heilen. Und während Chuka ihr half, ihren Ärmel in Streifen zu reißen, um die Wunde zu verbinden, stand Flammender Stern mit wehender Mähne auf einer Erhebung am Rand der Kluft. Er wölbte den Hals, warf den Kopf zurück und sandte über die Rote Schlucht sein helles, triumphierendes Wiehern.

19. Kapitel

Düstere Rauchfahnen zogen sich über die Lichtung. Wie es der Brauch vorschrieb, sammelten die Familien der getöteten Apachen alle Gegenstände ein, die den Toten gehört hatten, um sie zu verbrennen. Auch ihre Pferde und ihre Hunde wurden getötet und der Name der Verstorbenen durfte nicht mehr erwähnt werden. Die Witwen schnitten ihr langes Haar ab, entfernten jede bunte Verzierung von ihren Kleidern und rieben ihr Gesicht mit Asche ein. Ihr Wimmern und Schluchzen stieg mit den Rauchschwaden in den Morgenhimmel.

Eine Gestalt zeichnete sich vor dem Eingang der Hütte ab und Nita trat ein. Die ganze Nacht über hatte sie die Verwundeten gepflegt und versucht, ihre Schmerzen zu lindern. Jenny blickte traurig auf Nitas abgezehrtes Gesicht. Ihre Augen wirkten wie von Rauch getrübt, ihre Nasenflügel waren seltsam eingefallen. In einer Ecke der Hütte stand ein Gefäß mit frischem Wasser. Chuka füllte einen Schöpflöffel und reichte ihn Nita. Die Medizinfrau trank in durstigen Zügen. Dann sprach sie leise:

»Hört das Wehklagen unseres Volkes. Das Schluchzen der Frauen ist wie Wind in den Weiden. Ich wünsche, dass dieses Geräusch in eure Herzen dringt.«

Chuka und Jenny senkten den Kopf. Ein Seufzer hob Nitas Brust.

»Folgt mir«, sagte sie zu den Kindern.

Sie traten hinter ihr aus dem Wickiup. Flammender Stern, der neben der Hütte stand, rieb zärtlich seine Wange an Jennys Haar und trabte hinter ihr her.

Sie folgten Nita durch den lichten Wald am Bachufer und den Berghang hinauf. Nita ging langsam mit hoch erhobenem Kopf und setzte die Füße leicht einwärts. Ihr Haar bedeckte ihre Schultern wie ein schimmernder schwarzer Schleier.

Hoch oben auf einem Felsabhang blieb Nita stehen. Der Wind kam ihnen entgegen und die Luft war klar. Unter ihnen dehnte sich die Landschaft aus: die roten Berge, die dunklen Waldzüge und die Wüste voller Licht und Sand, die am Horizont mit dem türkisblauen Himmel verschmolz.
Nitas gedämpfte Stimme brach das Schweigen. »Dies war einst das Land der Apachen. Von jetzt an wird es auch das Land der Weißen sein. Aber sie werden erst lernen müssen, was Land und Erde wirklich bedeuten . . .«
Sie zog einen kleinen, sichelförmigen Dolch aus ihrem Gürtel, ergriff Chukas linke und Jennys rechte Hand und ritzte unter dem ersten Gelenk des Ringfingers die Haut leicht ein. Dann presste sie die Wunden aufeinander, sodass das Blut sich vermischte, und sprach:
»Nun seid ihr nicht mehr ein Indianer und eine Weiße, sondern ihr seid Kinder der Erdmutter. Sie wird zu euch sprechen im Rauschen des Windes, im Murmeln der Quellen, im Flug der Vögel und im summenden Tanz der Bienen . . .«
Sie lächelte Jenny an.
»Die Erde lebt. Fühlst du es?«
Sie nahm behutsam ihre Hand und legte sie auf einen Felsen. Und Jenny spürte den Pulsschlag der Erde, der wie ein Strom in ihr Blut überging und bis in ihr Herz drang.
Nita fuhr fort:
»Flammender Stern ist für euch das Zeichen des Lebens. Für jene aber, die ihn missbrauchen wollen, stellt er den Tod dar. Die Natur lässt sich nicht bezwingen. Aber es wird noch viel Zeit vergehen und großes Unheil wird geschehen, bevor die Menschen einsehen, dass eine verwüstete Erde ihren eigenen Untergang bedeutet. Denn erst wenn sie die Mutter wieder verehren, werden sie die Waffen für immer niederlegen . . .«
»Werden wir diese Zeit erleben?«, fragte Chuka mit glänzenden Augen.
»Nein, ihr nicht.« Nitas Lächeln war traurig, aber ihre Stimme war voller Zuversicht. »Doch ihr müsst die Vorbedingungen

dazu schaffen und eure Kindeskinder werden euch dafür danken.«

Sie wandte sich ab und blickte traumbefangen in die Ferne. Ihr Geist war so weit entrückt, dass nichts mehr von ihrer Umgebung für sie wahrnehmbar schien.

Chuka berührte Jennys Hand.

»Komm«, sagte er. Beim Klang seiner Stimme hob Flammender Stern den Kopf und es war, als schauten sie einander an. Dann trabte er ihnen voraus, den langen Schweif hin und her schwingend. Und seine Hufe hallten, deutlich und klar, bis in das Herz der lauschenden Erde.

Federica de Cesco

Pferde, Wind und Sonne

Ferien in der Camargue! Für Sophie geht ein Traum in Erfüllung: Sonne, Wind und Pferde! Besonders der wilde Hengst Etoile hat es Sophie angetan. Ihr gelingt es als Einzige, Zugang zu dem stolzen Tier zu finden. Doch als Alain, der Neffe der Gutsbesitzerin, versucht, den Hengst zu bezwingen, kommt es zum Kampf auf Leben und Tod.

Arena

Auch als E-Book erhältlich

184 Seiten • Arena-Taschenbuch
ISBN 978-3-401-50649-4
www.arena-verlag.de